盲目物语

[日] 谷崎润一郎 —— 著

郑民钦 —— 译

海峡出版发行集团 | 鹭江出版社

2019年·厦门

目录

盲目物语　001

刈芦　109

褴褛之光　169

盲目物语

我的故乡在近江国长滨乡下，我生于天文二十一年[1]，壬子年，所以，我今年多大呢？对了，对了，六十五岁吧，哟，不，应该是六十六岁。我记得没错，四岁我就双目失明。起先我还能模模糊糊地看见东西的形状，天气晴朗的日子，琵琶湖的山光水色鲜明地映照在眼睛里的景象，至今依然历历在目。然而，在不到一年的时间里，我的双目就完全失明。我也去求神拜佛，但根本无济于事。我的父亲务农，我十岁失怙，十三岁丧母，之后有赖于邻里乡亲的慈悲同情之心，学会按摩，得以勉强度日。一直到十八九岁，一次偶然的机会，经过一个好心人的介绍，我去小谷城里的一户人家当家仆。由于他的斡旋，此后我

---

1 即公元1552年。

就一直住在城里。

其实无须我解释,我的东家老爷,大家都知道,说到小谷城,那自然就是浅井备前守长政公的城郭,他是一位年轻出色的大将。当时其父下野守久政公尚健在,听说他们父子失和,似乎也是由于久政公居心不良,家老[1]为首的众多家臣都站在备前守这一边,心服其人。

事情的起因大概是这样的:长政公十五岁那年,即永禄二年正月要举行元服[2]仪式。以前名叫新九郎,从这一天起就改名为备前守长政,并迎娶江南的佐佐木拔关斋的老臣平井加贺守的小姐为妻。但是,这门亲事并非出于长政公的本意,可以说是久政公蛮不讲理地强加给他的。这个下野守久政公有他的想法,江南与江北自古以来就多次交锋,现在虽然平安相处,但难说什么时候又会爆发战争,所以,如果两边能以联姻的方式作为一种和平友好的标志,以后国家的前途大概就没有战乱之忧。然而,备前守无论如何都不愿意成为佐佐木家臣的女婿。

---

1 家老,幕府时代诸侯的家臣之长。
2 元服,奈良时代以后,男子成年的仪式。

但是，父命难违，备前守万般无奈，只好答应。然而，当久政公命令他与平井小姐新年期间完婚，并不久赴江南与加贺守完成翁婿之礼，他觉得这无论如何不能答应。正因为父命难以违逆，自己才成为平井之流的女婿，如今还要自己上门与对方践行所谓的翁婿之约，更是岂有此理。父亲平时经常告诫他，生于铁甲弓马之家，当为天下高举义旗，以治乱安邦为本，自己即将成为武门之栋梁，随时都要以武士为己任。于是，备前守也不与父亲商量，就把这位小姐送回老家。当然，这种粗暴的做法也的确有点过分，所以父亲的恼怒也在情理之中。然而，备前守当时还只有十五六岁，就具有如此雄心壮志，的确卓尔不群，堪与浅井家族的先辈亮政公匹敌，具有天赋的豪杰之气。倘若家族有这样的主君，必定家运鸿兴，世代簪缨。众家臣皆认为备前守担得重任，尽力推举，无人出其右，久政公也出于无奈，只好将主君地位让给备前守，自己则带着井口夫人回到竹生岛隐居。

这些都是我到这里当家仆之前的事，我来的时候，父子关系已趋向缓和，下野守久政公和井口夫人也已经从竹生岛回到城里居住。长政公二十五六岁的时候，迎娶第二位太太。这位太太是信长公的妹妹阿市小姐。

这段姻缘的过程大致是：信长公从美浓国到京都来的时候，认为当今江州最出类拔萃的武士莫过于年轻有为的浅井备前守，于是思量和他联手合作。信长公对浅井备前守说道："能否与我家族联姻？如蒙答应，浅井家则可以与织田家的力量合为一股，一气攻下固守观音寺城的佐佐木六角，然后进入都城，将来由我们二人平定天下。如果浅井家想得到美浓国，我可以拱手相送。至于越前之朝仓，那是与浅井家关系殊深的世交，我们绝无染指之意图，越前一国完全听任浅井之旨意。"信长公将上述誓约写于纸面，用词极为谦恭恳切，于是这门亲事顺利告成。

当时，浅井备前守已经娶了佐佐木家臣的小姐为妻，但拒绝前往拔关斋履行翁婿关系，拒不承认自己在这门亲事中的劣势地位。然而，在当时各国中权势熏天的信长公竟然找上门来，期望他成为织田家的女婿。这也是他武略出众、胸怀大志的缘故吧。

听说，那位前夫人与浅井长政公共同生活还不到半年，我对她不甚了解。至于这位阿市夫人，未嫁之前就已经是闻名遐迩的国色天香，婚后，夫妇和睦，几乎是每年生育一胎。我去当家仆的时候，就已经有两三个公子和小姐。其中大小姐茶茶，当时还是天真可爱的小孩子，没想到长大以后得到太阁殿下[1]的宠爱，非常幸运地成为淀夫人，为太阁殿下生下右大臣秀赖公。人的命运实在难以预测。不过，茶茶小姐从小就出落得如花似玉，眉清目秀，肤如凝脂，长得和母亲一模一样，连我这个盲人都能模模糊糊地感觉出来。

像我这样出身卑微之人是凭借什么好运气得以在如此尊贵的小姐身边伺候的呢？对了，对了，是这样的，前面忘了告诉各位，起先我是给武士们按摩。在城里也有寂寞无聊的时候，于是武士们说："喂，喂，这个法师，你唱几首三味线。"我也就唱了几首世间流行的三味线曲调，大概传到贵夫人的耳朵里，说是有一个三味线谣曲唱得不错的年轻人，便派手下人叫我去唱了两三次，这样就进来了。

是啊，是啊，当时这里就已经是一座大城，除武士之外，

1　这里指丰臣秀吉。

还有各色各样的家仆，例如有专门表演猿乐的太夫[1]，我觉得在这里起不到让夫人消遣的作用。但是，那位尊贵的夫人觉得世间三弦谣曲听起来十分入耳。而且，当时三味线不像现在这样普及，只有少数喜欢时尚的人在练习弹唱，也许正是丝弦的音色让贵夫人感兴趣吧。我学三味线，并没有拜行家为师，我天生就喜欢俗曲音乐，听过之后就能将曲谱写出来，不用别人指点，自己就自然而然地唱出来。我一直将三味线当作自己的消遣，不知不觉地熟练掌握了这门艺能。但毕竟只是自学成才的外行手法，并不具备给别人表演的才艺，也许是拙劣之处见真情吧，总是获得贵夫人的赞许，每次表演完毕，都得到丰厚的赏赐。

那个时候，正是战国时代，各地战火纷飞。只要外面打起仗来，里面就歌舞升平，主君离家上战场，侍女们闲得无聊，于是唱歌弹琴排忧解闷。甚至在固守城池的时候，为了

---

1 猿乐，平安时代的艺能，也是能乐和狂言的源流。猿乐和散乐内容几乎相同，镰仓时代增加了模仿和歌舞的要素，成为寺院、神社祭典的表演艺术，并由此诞生专业的艺术组织。太夫是室町时代猿乐座的座长。

排解心中的郁闷，无论是外宅还是内宅，也时常举行热闹的演唱会。当然并不是现在的人们所想象的那么有意思。

夫人擅弹和琴，消遣寂寞之时，往往丝弦自娱，此时我取三味线与她配合，无论什么曲子都能做到珠联璧合，夫人甚为满意，表扬我是心灵手巧之人，此后我一直在内宅服侍。连牙牙学语的茶茶小姐也叫我"法师、法师"，让我朝夕陪着她玩耍，经常对我说："法师，唱一段葫芦曲。"啊，这《葫芦曲》是这样的：

　　悄然小路屋檐下，
　　种着一株葫芦花，
　　任凭绿蔓四处爬。
　　葫芦悠悠颤，
　　颤得我心跳。

还有一首是这么唱的：

　　这漂亮的漆头盔，

正是河内¹战役的战利品。

呜尔嗨哟

呜尔嗨……

负伤创裂,

英勇杀敌!

呜尔嗨哟

呜尔嗨……²

当然还有其他很多谣曲,记得曲谱,但忘了歌词,真是岁月不饶人啊。

不久,信长公和长政公关系失和,开始打仗,这是哪一年的事呢?啊,姊川之战³发生在元龟元年。像各位读者这样的读书人应该知道那场战争。我那时刚来这里当差不久,这关系恶化的起因在于信长公。他对浅井长政公连招呼都不打,就企

1　河内,今大阪府东部周边。
2　这两首谣曲皆见于《闲吟集》。
3　日本战国时代的一场战役。织田、德川联军与浅井、朝仓联军于元龟元年(1570)六月二十八日在近江国浅井郡姊川河原会战。

图吞并越前朝仓的领地。说到浅井家族的发展史，从上上代的浅井亮政公开始就得到朝仓的声援合作，才逐渐兴旺起来，后来又一直得到朝仓的恩惠。于是，首先发难的是已经隐退的下野守久政公，他说道："当初织田家打算与浅井家联姻的时候，信长公信誓旦旦地表示对越前朝仓的领地绝不染指。但不到三年的时间，就撕毁协议，对浅井主君连一声招呼都不打，就发动进攻。这种做法实在岂有此理！信长这个家伙言而无信。"于是，他跑到长政公的宅邸，把近臣以及旁系家臣都召集起来，气势汹汹地说道："信长竖子，很快就要攻城，试图灭掉越前。现在，趁着越前国城池尚坚固之时，我们应与朝仓联合征讨信长。"然而，长政公和众家臣听了下野久政公的话后，一时无语，此时有人说道："信长公撕毁誓约固然可恨，但朝仓凭借两家有协议，对织田家十分无礼。尤其信长公经常进京，但越前国一次也没有派遣使节前往问候，这对朝廷和其他将军也是大不敬。既然要与织田为敌，即使与朝仓联合作战，也未必有胜算。当务之下，不如派千人部队象征性地支援朝仓，同时对织田方面巧妙应对。"多数人持这种意见。然而，下野守久政公听完大家的意见后，更是怒气冲冲，怒目而视所有在座的武士，声色俱厉地怒斥道："你们这些低级武士都胡说些什么啊？即使现在的信长凶神恶煞，难道我们就把世世代代的恩惠抛之脑后吗？在朝仓家有难的时候，我们就对他们忘恩负义吗？如果你们这样做，武士之英名将遗臭万年！这难道不是浅井家族的耻辱吗？即使只剩下我一个人，我也绝不会做这种相悖礼义、有辱门风的事！"老臣们忙劝解道："好啦，好啦，您先别这么说，大家还是一起慎重商量一下。"下野守久政公依然气得浑身发抖，咬牙切齿说道："你们都嫌我这个老头给你们添乱，难道要我在这里剖腹吗？"当然，老人非常重情义，他的话，大家也都是洗耳恭听，不过他一直就带着家臣们瞧不起自己的偏见，再加上他给儿子介绍的那个小姐儿子看不上，后来又娶了阿市，这桩事至今让他耿耿于怀。目前的事态，他觉得都是儿子不听自己的话才陷入困境。他要利用这个机会告诉儿子："对那个骗子信长还有什么可客气的，他都欺负到自己头上来了，难道我们还要退缩不成？你不就是被老婆的可怜相绑住了手脚，才不敢与织田家针锋相对的吗？"久政公的这一番话在一定程度上是对长政公的旁敲侧击。备前守长政公默不作声地听完父亲和众家臣的争论，最后长叹一口气，斩钉截铁地说道："父亲言之有理，我虽然是信长家族的女婿，但不能辜负祖上之恩德。我手里的誓约明天就派人送回织田家。即使信长如狼似虎，气焰嚣张，也要和越前同心戮力，与他决一雌雄。我就不相信，我们就战胜不了他吗？"听了备前守长政公的表态，大家都做好决一死战的决心。

此后，每当商议军机大事时，久政公和长政公总是意见不一，从而出现感情上的冲突争执。长政公具有名将器量，平时气量非凡，骁勇善战，主张对兵贵神速的信长速战速决，不能磨磨蹭蹭，贻误战机，我军应该主动出击，但久政公大概因为年事已高，主张谨慎从事，认为长政公的意见会导致战局的不利。

信长公由越前回到京都时，那段时间就已经占据朝仓，占领美浓，攻克岐阜。如此一来，他就会立即挥兵直下，但江南有佐佐木六角家族盘踞，恐难以通过，如果这期间浅井方面夺回岐阜，在佐和山正面以逸待劳，养精蓄锐，那样的话，取信长公首级如探囊取物。长政公经过周密盘算，便派使者前往朝仓商议，但朝仓的一乘谷官邸里也都是一些慢条斯理的人，说派兵远征美浓，万一被敌军包抄，那就无法脱身。义景公为首，所有的人都不赞成长政公的计谋。他们甚至在回信中说：

"信长必定要攻打小谷城,届时当率本国之兵前往增援。"于是,长政公精心策划的计谋就这样付之流水。当长政公听到使者的报告后,无限感叹道:"啊,连朝仓也说这种不急不慢的话。我算是明白了义景的为人。这样优柔寡断要想战胜运兵神疾的信长,恐怕连十分之一的胜算都没有。与父亲刚刚说过的这种'饭桶'合作,说明我也命中注定走到尽头了。"他当时就已经做好思想准备,浅井家族以及自己的生命都日落西山了。

之后,发生了姊川、坂本战役,虽曾一度议和停战,但很快和谈破裂。浅井家的领地被织田方面逐渐蚕食占领,日益缩小。正如长政公所言,就两三年的时间,佐和山、横山、大尾、浅妻、宫部、山本、大嵩等城池被攻拔,小谷城成为一座孤城,只见敌军在城下密密麻麻地铺开。进攻的有六万多骑兵,如铁桶般包围小谷城,恐怕连一只蚂蚁也爬不出去。信长公是统领,还有柴田修理亮殿、丹羽五郎左卫门殿、佐久间右卫门尉殿等几员虎将也参加战斗。太阁殿下当时名为木下藤吉郎,在城后大约八丁[1]的虎御前山上安营扎寨,观察战况。浅井方面

---

1 丁,长度单位,一丁约为109米。

也有不少勇猛的大将，但有的人看到这一战输局已定，人心莫测，心生叛意，逐渐向织田方面反水，这样浅井的势力日益削弱。城内既有作为人质的女人和孩子，[1]也有从周边的小城逃过来的武士，这样城里人就多出好多。起先大家都焦急万分，日日夜夜竞相唱起"未逢忧伤亦一时，相逢喜悦亦一时，过眼梦一场"[2]的谣曲。不久，处在久政公的城郭与长政公的城郭之间的中城，原本由浅井七郎守卫，但是他与守城的二把手玄蕃助（官名）一起通敌藤吉郎，引兵入城。这样，城里的歌声顿时平息下来。

这时，信长公派来的使者传告道："之所以两家开战，罪魁祸首在于朝仓。如今我方已扫荡越前国，俘获义景。我方对贵方毫无任何企图，而且这样做也有违情义，只要贵方把城交给我们，撤离此城，两家之间还有姻亲关系，我方也不会慢待你们。如果归顺到织田麾下，将来尽忠尽节，可以让你在大和一带担任一国之主。"对于信长公的这个条件，有人认为合

---

1 日本近世以前，为保证履行誓约，往往将妻子或孩子交给对方作为人质。
2 这首谣曲见于《闲吟集》。

情合理，给予管理相当好的城池；但也有人认为这并非信长公的本意，其目的在于救出他的妹妹阿市之后，让长政公剖腹自尽。长政公会见了使者，请他转告信长公："阁下之好意心领了，然事已至此，我有何脸面立于世上，唯求战死沙场。请你转告你的主公。"长政公根本不接受信长公的劝降。信长公觉得自己的诚意受到怀疑，多次派使者传递说自己所言出自真心，千万打消沙场捐躯之意，请放心退出城池。但长政公的决心坚定不移，不再听任何解释。于是，八月二十六日夜晚，长政公邀请御菩提寺的雄山和尚，请他在小谷后面的曲谷石匠雕凿一座石塔，刻上"德胜寺殿天英宗清大居士"的戒名，石塔的背面凿成凹面，亲笔写上自己的遗愿。二十七日一大早，就召集一起守城的武士们，请雄山和尚为导师，自己坐在石塔旁边，接受众家臣焚香。起先长政公曾命家臣退下，但他们经过请求后才允许焚香。这尊石塔悄悄运出城外，沉入离竹生岛以东大约八丁的湖底。看到这种情景，城中所有的人都决心背水一战，血染疆场。

夫人在这一年的五月生了小公子，由于产后需要消除疲劳，待在屋里一个多月。我上门为她按摩肩膀、腰部达四十五次之多，并陪着她闲聊世间的种种事情，安慰她无聊的时光。对了，长政公性格刚强，但是对夫人亲切温存，白天拼死拼活劳累一天，但只要一来到内宫，就向夫人问候，和夫人对饮，这一切都是安慰夫人，还对侍女和我开玩笑，似乎根本不把城池被敌人的千军万马围得插翅难逃的严重事态放在心上。我们这些在一旁侍候的家仆当然不知道大名夫妻之间的关系，但多少能感觉出来夫人夹在哥哥与丈夫之间十分痛心。长政公只是可怜同情夫人的处境，尽量开导她要放宽心胸，鼓励她不要灰心丧气。说到这里，有时候我在酒宴前侍候，长政公就对我说道："法师啊，三味线已经听得差不多了，还有没有更助酒兴、让人心情激动的节目啊？你就跳一个棒缚[1]吧！"于是我只好献丑笨拙地跳起棒缚为他们助兴：

十七八岁的姑娘啊，

恰似晾衣竿上的细布条。

1　棒缚，狂言的曲名。讲两个平时喜欢偷酒喝的太郎冠者和次郎冠者，主人出门时用绳子把他们绑在棒子上，他们双手被捆绑着却依然偷酒喝。在狂言中边跳边唱。

拽过来啊，好可爱。

拉过来啊，好可爱。

比丝绸还纤细，

比腰肢更柔软，

让我多怜爱。[1]

当我唱到"比丝绸还纤细，比腰肢更柔软"这一句时，用自己想出来的舞蹈动作表演，逗得大家都捧腹大笑。我听夫人说："这个瞎子，够伶俐的，舞姿让大家觉得妙趣横生。"我听见夫人的笑声时，心想她心情大概也好一点了吧，觉得自己的工作很有意义。然而，后来让我感到悲哀的是，时间一长，不管我如何千方百计地花样翻新，自编自演，只是听见夫人轻轻的"呵呵"笑声，再后来，连这两声笑声都难得听见了。

有一天，夫人说肩膀酸疼得厉害，让我揉一揉。我转到她身后，为她揉肩。夫人坐在褥垫上，倚在凭肘几上，以为她会迷迷糊糊打瞌睡，其实并没有，她时不时长舒一口气。以前我

---

[1] 这是《棒缚》的唱词。

给她按摩的时候,她总喜欢和我闲聊,但最近难得开口,所以我只是谦恭认真地按摩,对我来说倒没有什么拘谨的感觉。我是个瞎子,虽然两眼看不见,但比一般人更敏感。更何况我日日夜夜为夫人按摩,对她的身体状态都心中有数,她的心中所思会自然而然地传到我的指头上来,所以即使我默不作声地按摩,胸中也会涌上无比郁闷悲伤的感觉。当时夫人才二十三四岁,就已经是四个孩子的母亲,她天生丽质,从来没有受过苦,更没有经历过任何世间的艰辛曲折。我不胜惶恐,有幸接触她那丰腴柔嫩的身子,尽管是隔着绫罗绸缎的外衣按摩,但手感比其他女子不知胜过多少倍。这一次她生第五胎,的确感觉有点消瘦憔悴,尽管如此,她的整个骨骼是世间无与伦比的婀娜纤巧,让我异常惊叹。我活到这么大岁数,长年以按摩为业,接触过无数年轻女子,可以说没有一个像夫人的身体那样柔滑娇嫩。而且,她的肌肤柔韧润泽,靡丽细腻,手足都如沐浴晨露,晶莹剔透,可以说这才是真正的冰肌玉骨。夫人说她的头发在产后掉了不少,但其实依然绿云扰扰,雾鬓风鬟,飘垂长身,比起普通人甚至觉得过于厚密,一根一根青丝如绢,沉甸甸的发束纤细柔软,平顺光滑,贴着后背的绸缎扩散开来,甚至感觉妨碍我按摩肩膀。然而，当这座城池陷落的时候，如此显赫高雅的贵夫人会是什么命运呢？这包裹着纤弱骨骼的凝脂玉肤、等身绿云，难道都会随着城池箭楼的冲天火光化为灰烬吗？尽管是草菅人命的战国时代，难道如此人见犹怜的天姿也要死于非命，天下岂有此理乎？信长公是否想把自己的胞妹救出去呢？当然，根本用不着我这样的人为夫人操心的，只是因为人生有缘，在夫人身边侍候，作为一个盲人，何等幸福。我有机会接触夫人的身体，早晚侍奉在侧，深知这才是我的全部生活价值。然而，一想到这样的服侍不知道还能持续到什么时候，自己以后的生活毫无乐趣，不由得心情郁闷。这时，传来夫人的一声长叹，她说道：

"弥市。"

城堡里的人平时都叫我"法师、法师"，夫人说"不能光叫法师"，就给我起了"弥市"这个名字。

夫人再次问道："弥市，你怎么啦？"

我忐忑不安地说道："在。"

"你刚才一直没有使劲。今天要用力按摩。"

我回答道："遵命。"

我刚才有点杞人忧天,所以手劲不够到位,注意力不够集中,夫人这么一说,我立刻全神贯注地按摩。今天夫人的肩膀格外僵硬疼痛,脖子两侧出现小珠子似的圆点,难以按摩下去。我想夫人肯定忧思过度,辛劳攻心,晚上也得不到充分休息,所以肩膀才会出现这样的变化,不由得令人心疼。

"弥市。"夫人问道,"你打算在城里待到什么时候?"

"是。我随时都愿意侍奉在夫人身边。不敏之人,别无长物,承蒙夫人不弃,自当效劳,感激不尽。"

"是嘛。"夫人沉默片刻,又说道,"你也知道,这城里的人越来越少,今天少一个,明天少两个,没剩下多少人了。连那些出色的武士也都弃主而去。那些不是武士的人就更不会对什么人客气了,何况你眼睛失明,如果再磨磨蹭蹭,恐遭不测。"

"夫人所言,深怀谢忱。是弃是留,各人自定。我倘有眼,或许还能趁黑夜逃遁。但如今敌军重重围困,即使夫人允许我逃出城外,我也无路可走。我本来就是一个不足为道的盲人,与其被敌军抓去受其怜悯,还不如留在这里。"

夫人听后,不置一词,也许在拭擦眼泪吧,因为我听见她从怀里掏出叠纸的声音。我比担心自己更担心夫人的打算，她是准备和长政公坚持到最后吗？对那五个可爱的子女有什么安排呢？我虽然心里万分焦急，但也不能打听。夫人没有说下去，我也只好把心里话憋在肚子里。

在举行石塔供养仪式的前两天，即八月二十七日早晨，长政公接受众武士的上香祭拜，然后夫人、孩子、侍女以及我们仆从都被叫去，说是给亡灵祈祷冥福。一到这种场合，侍女们就格外悲伤，啊，这座城池的命运就此决定，主君即将殒命战场，事已如此，徒唤奈何，谁都不愿意主动上前烧香。这两三天，敌军发动猛烈攻势，白天黑夜都在拼搏厮杀，但今天早晨，敌军的攻势有所缓和，城里城外一片寂然，议事厅鸦雀无声。时值仲秋，近江国靠近北面的山上，而今天又是天色未明的拂晓时间，跪在下席，寒风嗖嗖，砭人肌骨，庭院的草丛里秋虫唧唧，嗟叹入耳。这时，忽然从议事厅的角落里传来一个人的啜泣声，众人一直憋在心里的悲哀之情顿时爆发出来，哭声此起彼伏，连天真无知的孩子也都跟着大声哭泣。"好了，好了，你年龄最大，怎么能哭呢？今天这种事，我平时不是早就对你说过吗？"夫人依然镇定自若，以沉着冷静的声音斥责茶茶小姐,并叫来长子万福丸殿的奶妈,吩咐道:"你带着大少爷先开始烧香吧。"于是,长子万福丸带头,然后是刚生下不久的二儿子,轮到大女儿茶茶的时候,夫人说道:"茶茶,该你了。"

这时,长政公严厉地说道:"不,女儿烧香之前,你为什么不先烧香?"

夫人虽然嘴上回答"是的是的",但身子却不动。

"平时对你说那么多,难道你都没有听进去吗?到这最后时刻,难道你想违抗我的叮嘱吗?"平时对夫人态度亲切温柔的长政公此时显得格外声色俱厉。

"平时教导,谨记在心。"看来夫人已经下定决心,就是不站起来。

这时,长政公提高嗓门,厉声呵斥道:"难道你忘记了妇人之道吗?你为我死后祈祷冥福,将孩子抚养成人,这才是为妻为母之道。你连这样的道理都不明白,我就不认你是我的永久妻子,你也不要认我是你的丈夫。"

长政公凛然正义的声音在悄然无声的议事厅里回响,所有的人都大惊失色,屏息凝神关注事态的发展。片刻之后,榻榻米上传来衣裾窸窸窣窣拖地的声音,夫人极不情愿地上前烧香。接着，长女茶茶、次女阿初、三女小督依次烧香，上香祭拜的仪式顺利结束。

后来，这尊石塔运出城外，沉入湖底，我在上面已经说过。夫人在众目睽睽之下，表面上遵照长政公的命令烧了香。但是，据说她整夜向主公倾诉心怀："我一辈子都会被人戳着脊梁骨骂，主公战死，而自己还活在世上。难道这种人就是浅井的妻子吗？我一定要随着主公共同赴难。"夫人就是不肯苟活于世。

第二天，二十八日的巳时左右，织田信长第三次派出不破河内守使者进城来，再次带来织田的口信，询问长政公"是否已经改变主意，愿意撤兵投降"。长政公深思熟虑以后，回答道："承蒙好意，永志不忘。但无论发生什么情况，我都只能和这座城池共存亡，最终也是在这座城池中剖腹自尽。只是妻女乃妇孺，而且与信长公有血缘关系，既然信长公有如此好意，我诚恳期盼能免她们一死，并请照拂抚养成人，过后我把她们送过去。"

送走不破河内守后，长政公进入内宅说服夫人。他苦口婆心，晓以大义，但夫人表示其心已决，共同赴难，这让他对夫人的一片忠心甚为佩服。其实，想起来，两人结为连理，不过六年，时间尚短。又遇上战事频仍的乱世，长政公时而要去京都或者江南的兵营，没有一天过上平静安逸的日子，夫人希望自己能与主公一莲托生在极乐世界和睦生活的愿望也是可以理解的。然而，虽然长政公是一个刚毅勇士，却富有怜悯之心，他不忍心残杀年纪轻轻的妻子，无论如何也要救她一命，何况还有孩子们的未来要托付给她。长政公千方百计地晓之以理，动之以情，最后夫人勉强答应，便让她带着女儿们回故乡去。至于男孩子，尽管还不懂事，但落入敌手，凶多吉少，于是把长子万福丸送到越前国敦贺郡的一位朋友那里。二十八日深夜，万福丸由一个名叫木村喜内介的侍从陪同，悄悄出城。最小的儿子托付给本国的稻田寺的长老，也是在当晚深夜，由小川传四郎和中岛左近两个武士护送，乳母抱着小公子，乘船到达离稻田寺不远的湖边，上岸后在茂密的芦苇丛中躲藏片刻。

二十八日，夫人和长政公终宵交饮永别酒，恋恋不舍，依依惜别，秋夜虽长，东方将白。此时，夫人道一声"那我走了"，在城门口坐进轿子，后面跟随着三顶轿子，分别坐着由乳母陪同的三位小姐。夫人当初嫁过来的时候，一个从织田家跟随过来的名叫藤挂三河守的内宅武士率领部卒前后护卫，此外还有二三十人侍女跟随，离开小谷城。长政公送夫人到轿边，今天早晨他身穿一件黑线绣盔甲，外罩金线织花袈裟。当轿夫把轿子抬起来时，长政公对夫人说道："后事就拜托你了。好生活着！"他的声音刚强坚定，干脆清朗。

"您尽管放心，愿您尽力奋勉，化险为夷。"夫人也刚毅坚强地回答，没有一滴泪水，一切感情都隐忍在心，令人敬佩。下面的两位小姐还年幼无知，在乳母的怀里，天真好奇地看着外面。茶茶小姐不断地回头看着父亲，生气地大叫："不去！不去！"不管别人怎么劝慰，就是不听，大哭起来。随行的人们见到这种情景，莫不伤心落泪。

后来这三位小姐都出类拔萃，长女茶茶殿成为淀夫人，次女阿初殿成为京极宰相的常高院夫人，最小的三女小督殿十分荣幸地成为当时将军家的夫人。世事变迁，当时谁能料到后来的事情呢？可谓时来运转，否极泰来。

信长公将阿市夫人和外甥女们接收过来，十分高兴，他恳切地说道："你是审时度势，出城而来。我对浅井是苦口劝降，但是他执意不从，态度坚决，看来是一个珍惜名誉的武士。其实我并不想让他死去，这不是我的本意。但是，我也是戎马沙场的武士，也有性格固执的一面，请你原谅我。大兵围城，你困守城内，一定吃了不少苦吧。"信长公的话充满骨肉之情，格外亲切，完全是一家人的感觉。于是立即将阿市夫人放在织田上野国守处，命其悉心照料。

攻打城池的战斗在二十七日[1]早晨一度停息，信长公亲自登上京极丸尾，发布军令："对方已经把阿市交回来。全军将士不得有片刻犹豫，一鼓作气，踏平城池，逼迫浅井父子自尽。"士兵们高声呐喊着，惊天动地，排山倒海，开始攻城。

久政公的城池里只有八百守军，虽然布置坚守城池四周，但无论如何无法抵挡敌军势如劈竹的攻势，柴田修理亮的部队第一个登上城墙，敌军士兵一个接一个攀登上来。久政公见大势已去，命井口越前守抵挡敌军，自己自戕。介错人[2]是福寿庵殿。有一位名叫鹤松太夫的舞者，一直跟随久政公，所以向久政公提出此次也跟随而去。他已经喝过永别酒，此次担任福

---

1 此处的二十七日，应为二十八日。据记载，二十七日夜半，羽柴秀吉就攻占京极丸，将浅井久政和他父亲的住所切断。第二天，织田信长登上京极丸。
2 介错人，作为切腹者的助手，将其斩首的人。

寿庵殿的介错人，然后自己退到议事厅最下层的地板间里剖腹自尽。此外，井口越前守、赤尾与四郎殿、千田采女正殿、胁坂久左卫门殿也都自尽。这位久政公迟暮之年，却落得如此悲惨下场，但仔细想来，其实咎在自己。事情还没有那么严重的时候，如果能听从长政公的意见，放弃朝仓殿还有挽救的希望。而且他缺少观察信长公气运旺盛的眼光，一心只想尽毫无意义的情义，结果遭此惨败，这又怨得了谁呢？不仅如此，战略部署的谋略，直至战斗出兵的时间，他都要摆出一副久政公的架势，指手画脚，发号施令，干扰长政公的部署，导致好几次战斗都错失良机，白白丢失能取胜的机会。纵然织田有三头六臂，神通广大，但如果把指挥权完全交给长政公，双方的胜负还很难说。浅井家族的第一代浅井亮政公、第三代长政公都是疆场名将，唯有这第二代久政公心胸狭窄，目光短浅，才让浅井家族走上灭亡之路。想起来，其实长政公也值得同情，凭借他的本领才能，完全可以取信长公以代之，夺取天下。然而，长政公恪守父子之道，结果断送了自己的前程。我等每想至此，就深感窝囊懊悔，实在于心不甘。而夫人的心中又该是何等焦急无奈啊！当然，这是长政公对父亲的孝道，不好说这样做是对还是错。

久政公的城池是在二十九日午时陷落的，然后，柴田、木下、前田、佐佐手等部队会合向长政公的城池猛扑过去。长政公亲率五百士兵出城，攻击骚扰敌军，又很快撤回。敌军排山倒海，一波接一波地前仆后继蜂拥而上，但攀缘上来的士兵都被推倒踢翻下去，没有一个敌人进入城上。二十九日夜晚，敌军见城池久攻不下，停止进攻。翌日，九月一日，又开始攻城。长政公此时还不知道父亲已经自戕，问手下："下野守殿那边怎么样？"他听到手下的"下野守大人昨天已自戕"的报告后，说道："如此结局，我做梦也没有想到。既然如此，我活在这世上还有什么可留恋的呢？我要以这最后一战勇敢殉国，作为对父亲的凭吊。"巳时左右，长政公带领二百士兵冲出城外，对着重重围困的敌军大刀阔斧，气贯山河，无所畏惧。但是，柴田、木下的士兵里三层外三层把他们围得水泄不通，长政公的身边只剩下五六十个士兵，便命他们一字排开，撤回城内。无奈敌军已经攻占城池，从里面关闭城门。他们只好逃往城门左侧的赤尾美作守的宅邸。接着，长政公在赤尾美作守殿的宅邸里切腹自戕，介错人是浅井日向守。跟随长政公自戕的有浅井日向守、中岛新兵卫、中岛九郎次郎、木村太郎次郎、木村与次、浅井小菊、胁坂左介等。敌军已事先得到信长公的命令，要生擒长政公。然而，长政公性情刚烈，殊死决战，使敌军无法得手，但敌军冲进赤尾美作守的宅邸时，得到的只是长政公的首级。

被敌军俘虏的只有浅井石见守、赤尾美作守、赤尾新兵卫这三人，他们运气不佳，蒙受绳索捆绑之耻辱，被拖到信长公面前。信长公说道："你们这些人平时受到主子长政的叛逆之心的蛊惑，长年一直与我对抗。"浅井石见守殿意志刚强，说道："我的主人浅井长政可不是织田殿这样表里不一的大将。"信长公勃然大怒："你不过是一个败军之俘虏，有什么资格谈表里？"并且用长枪的枪纂敲打浅井石见守殿的头部三下。然而，浅井石见守殿面无惧色，冷嘲热讽道："欺负一个五花大绑的人，你有什么本事？你这个大将的人品真差劲！"于是，信长公亲手把他杀死了。赤尾美作守殿老老实实地站在一旁，信长公说道："这位武士，你自年轻时候就以武勇著称，被誉为鬼神之猛，怎么如今也成为我的阶下之囚？"赤尾美作守殿回答道："我已老迈，才成现在这个样子。"信长公下令道："免你一死吧。"赤尾美作守殿说道："此外别无所求。"他只是一心想着尽快离开。信长公又下令道："既然如此，就让我来照顾你的儿子新兵卫吧。"这时，赤尾美作守殿回头看着儿子新兵卫说道："不不，你还是谢绝好意吧。要是被他欺骗，那可是我们的耻辱。"信长公哈哈大笑，说道："老糊涂，别这么不相信我。你觉得我就是一个骗子吗？"后来，信长公果真栽培新兵卫殿。

　　长政公夫人得悉长政公自戕的消息后，便闭门不出，为他祈祷冥福。有一天，信长公前来探望妹妹，说道："你应该有一个儿子，如果他健在的话，我可以收养，抚育成人，以后让他接长政的班。"夫人起先摸不透哥哥的真意，表示自己不知道儿子在什么地方。信长公说道："长政才是我的敌人，小孩子何罪之有？他还是我的外甥呢，我是觉得他可怜，才向你打听的。"夫人心想原来兄长还是关心自己的，逐渐放下心来，最后把万福丸的藏匿之处告诉了信长公。于是，信长公派使者前往越前国敦贺郡，对木村喜内介说要把大少爷带走。木村喜内介觉得蹊跷，略一思忖，说道："大少爷已被我所杀。"后来，使者多次过来，带来夫人的催促，传话道："既然兄长说到这个程度，就不要辜负他的一片好心，而且我也很想看到健健康康的大少爷，请尽快把他带回来。"木村喜内介虽然半信半疑，但对方已经知道万福丸的隐匿处，于是在九月三日陪着大少爷来到江州木之本。木下藤吉郎殿出来迎接，确定是万福丸殿无疑，便向信长公禀报。信长公下令："把这个人和孩子都杀了，用签子将他们的首级串起来，示众！"连木下藤吉郎殿对这道命令都感到困惑为难，说道："您之前可不是这么说的……"结果遭到信长公的痛骂，无奈只好按照他的命令执行。这两具首级与长政公、朝仓义景的首级一起，涂上红漆，悬木示众。翌年正月，把首级盛放在木制方盘里，送到三都的大名酒席上助兴。

　　信长公因为长政公的暗算曾数次险遭不测，所以对他怀有刻骨仇恨。但是，话又要说回来，问题的根源在于他言而无信，撕毁誓约。至少应该体察妹妹的可怜悲情的处境。对有着深厚情义的亲戚如此斩尽杀绝，尤其是利用兄妹的骨肉之情，欺骗阿市，将一个天真可爱的孩子枭首示众，这样做未免太惨无人道了！如此说来，天正十年夏天，信长公在本能寺死于非命，[1]

1　本能寺兵变，日本天正十年六月二日（1582年6月21日）凌晨，织田信长的部下明智光秀在京都的本能寺中起兵谋反，信长切腹，葬身火海。日本历史也由此被改写。

并不只是因为明智光秀的谋反,更是众人对他积怨甚深吧。这因果报应实在可怕。

从这个时候开始,太阁殿下木下藤吉郎殿逐渐平步青云。在之前的攻城作战中,柴田修理亮等诸位将领都立下显赫功勋,其中木下藤吉郎殿最为拔群出萃。信长公喜出望外,将小谷城、浅井郡、半个坂田郡和犬上郡作为领地封给他,从而使他成为江北之首。当时,木下藤吉郎殿说小谷城兵力过少,难以防守,于是将据点移到我的故乡长滨,当时的地名叫今滨,藤吉郎殿迁移过去的时候改为长滨。

那么,太阁殿下秀吉公什么时候暗恋上长政公夫人的呢?在夫人离城的时候,对我说道:"本想带着你一起走,但一旦离开这里,落脚难定。等安顿下来,你来找我。"夫人的话令我非常感动,我本已做好一死了之的决心,此时开始发生动摇,便从夫人的轿子后面混在人群里出来,然后在城里躲一两天,大致了解这次战斗的过程。我还是想跟随在夫人身边,于是来到上野守的军营里,上野守说"这个盲艺人我喜欢",很幸运地没有受到严厉的责难,又重新回到夫人身边伺候。后来,当秀吉公经常过来会见夫人的时候,我也多次在里面的房间里候着。秀吉公第一次过来的时候,在离夫人很远的地方就低头跪拜,说:"我是藤吉郎。"声音极其谦恭礼貌。夫人也彬彬有礼地回礼,慰劳他作战的辛苦。秀吉公说道:"此次作战,我没有建树什么军功,却领赏受封,而且封赏原先浅井大人的领地,接任长政公,不胜惶恐之至,当然这也是我最大的荣耀。以后凡事都依照老规矩来治理江北,同时我还要学习已故大将的武勇精神。"接着又说道:"战事期间,恐多有不便,倘生活上缺少什么,请不必客气地提出来。"秀吉公说话周到得体,出乎意外地让人感觉是一个亲切和蔼的人。他尤其对小姐们表现得格外亲热,想逗她们开心,说道:"大小姐也在啊,来来,让我抱抱。"他把茶茶小姐抱在膝盖上,摸着她的头发,说道:"你今年多大了?你叫什么名字啊?"茶茶小姐很不自在地被他抱着,没有正面回答,大概心想这个人就是攻陷父亲城池的敌军头领吧。她幼小的心灵里已经播下了仇恨的种子,忽然指着秀吉公的脸说道:"你长得像一只猴子。"秀吉公显得有点尴尬,说道:"是啊,我是长得像猴子,大小姐可是长得和母亲一模一样的啊。"然后哈哈哈笑起来,掩饰自己的难堪。后来,秀吉公不论多忙总是抽时间过来看望夫人,每次都给小姐们带礼物,表现出对夫人一家无微不至的关心照料。夫人说藤吉郎是一个靠得住的人,对他逐渐放松了警惕。但是,我现在回想起来,是不是夫人美若天仙的姿色引起秀吉公的关注,从而使他暗中思慕呢?夫人原本是主君的妹妹,对于武士来说,根本就是高攀不上的金枝玉叶,在这个时候,秀吉公恐怕心中也不敢有什么打算吧。然而,秀吉公对这件事也十分谨慎小心。尽管地位悬殊,但变幻无常乃世间之常理,尤其在兴衰枯荣的战国时代,更是司空见惯。也许他心中早有打算,经过一段漫长的时间,总有一天会迎娶这位夫人。当然,我这样的凡夫俗子无法揣摩英雄豪杰的长谋远虑,也许这只是我的胡乱猜测。

我前面说过,当信长公命秀吉公杀死万福丸殿的时候,秀吉公于心不忍,迟疑犹豫,迟迟不肯下手,说道:"饶恕这么一个小孩子有何不可呢?可以让他继承浅井公的家名。那些受恩之人反过来会认为如今天下安稳,称赞主公是有仁有义之人。"秀吉公千方百计地劝说,但未被信长公接受,于是又说道:"既然如此,请主公命他人执行。"不知不觉地违抗了信长公的命令。信长公甚为不快，厉声呵斥道："难道你敢居功自傲吗？给我提这种忠告，这是你做的吗？连你也胆敢违逆我的命令，让我找别人执行，是何居心？"秀吉公只好垂头丧气地退出来，听说最后还是他手刃大公子的。这些事情联想起来，夫人对秀吉公杀害万福丸怀着深仇大恨，痛心悲哀。这并非一般的杀戮，而是把首级割下来串起来示众，这是何等残忍啊！这件差事最后落到秀吉公身上，不知是可笑还是可悲？后来，秀吉公和柴田修理亮殿争夺阿市夫人，虽然爱情上失败，但最后还是消灭了胜家公夫妇，[1] 正是这种解不开的怨恨，使得两家成为不共戴天之敌。

　　信长公当然不愿意夫人听到小公子遇害的消息，所以大概没有人敢把这件事告诉夫人，但首级示众，百姓都亲眼看到，世间的风言风语就自然而然地传到夫人的耳朵，她有所察觉，也做好最坏结果的思想准备。此后秀吉公来访，现场

---

[1] 天正十年（1582），阿市夫人与柴田修理亮（即柴田修理亮胜家）再婚。第二年，丰臣秀吉和柴田修理亮胜家因织田信长继承人问题产生分歧，秀吉发动贱岳之战，攻打胜家，胜家和阿市夫人在北庄城自尽。阿市夫人的三个女儿逃出，后来大女儿茶茶成为秀吉的侧室淀君。

的气氛显得针锋相对。一次，夫人问秀吉公："越前方面后来没有任何消息，大公子现在的情况如何？我净做噩梦，十分挂念他。"秀吉公装疯卖傻地说道："后来的事情我也不清楚。我再派人去看看。"夫人说道："不是您亲自去把大少爷接回来的吗？"夫人的声音平静，但十分尖锐。据身边的侍女说，那一刻夫人脸色铁青，怒目而视。从此以后，秀吉公每次和夫人相处都很不愉快，被逐渐疏远。

这期间，信长公在短短的时间里就灭掉数国，扩大版图，他犒劳将士，发号施令，安排新领地的领主。九月九日在岐阜城庆祝菊花节，每年都要举办重阳筵席，这一天，各地诸侯都穿着盛装参加祝贺，我只是听说这样的仪式简直难以用语言描述，都是让人闻所未闻、惊叹不已的事情。

夫人自称有恙，一时留在江北，独闭宅邸，拒不会客，但在当月的十日，决定回尾州清洲的故里。当时，信长公的主城堡设在岐阜的稻叶山，所以，清静悠闲的清洲城对夫人倒是最为合适的去处。途中，夫人说想去竹生岛参拜，于是带着侍女们和我从长滨上船。这个季节，伊吹山已是积雪皑皑，湖面上更是寒气袭人，在这清静冷澈的早晨，远山近峦，历历在目。

侍女们都倚靠在船舷上，望着生活多年的故土，惜别之情袭上心头，听长空雁鸣，见海鸥振翅，不禁潸然泪下。在寒风中摇曳的苇叶的沙沙声，在波浪中跳跃的鱼儿，都催人悲泣哀痛。当船只驶入竹生岛湖面时，夫人说："船在这儿停一会儿。"大家都不知道夫人想做什么，觉得纳闷。只见夫人将放置船头的经文桌子重新摆放好，然后面对湖水，合掌轻声念诵经文。她大概觉得那座石塔就是沉在这一带湖底吧。这时我们才想到，这才是夫人要来竹生岛的本意。船只在波浪上轻轻摇摆，没有漂移，夫人焚香，闭目，专心致志地念着"南无德胜寺殿天英宗清大居士"，因为她长久地合掌祈祷，据说身边的随从都担心她会不会就这样从船舷翻下去葬身水底，好像还有人偷偷拽着她的衣角。我只是听见夫人手中念珠转动的声音，还有美妙的香气扑鼻而来。

接着，夫人登岛，在寺院里住一夜祈祷。翌日，前往佐和山，休息一两天后启程，一路顺风抵达清洲城。故乡人安排夫人住在装饰一新的宅邸里，称其为"小谷夫人"，生活上关怀备至，热情周到。夫人只是一心一意抚育几个小姐成长，此外就是低声念诵经文，没有其他事情，也没有客人来访，可以说完全与世隔绝，每天打发着孤独寂寞的日子。回想过去，夫人十分引人注目，各种各样的事情使她分心，但如今终日幽居在阴暗的屋子里，无所事事，百无聊赖，连冬日短促的阳光都感觉漫长。当然，夫人心中无比怀念亡夫，这件事情，那件事情，那些一去不复返的往事都会涌现在脑海里，追思缅怀，悲从中来。毕竟夫人出生于武士家门，性格忍耐刚毅，极少在人前涕泪哭泣，但最近这一阵子，随从不在身边，只有我们这些人陪伴的时候，平时紧绷的神经一下子松弛下来，全身沉浸在悲凄的思念里，失声痛哭。有时从走廊经过，会听见夫人在没有别人的里屋，大概是想起什么往事吧，哽咽啜泣。这些日子，夫人经常是泪湿衣袖。

这样的日子，年复一年。时光荏苒，如梦似水，每到春花秋叶时节，大家都劝夫人外出赏心解闷，但她总是说"我就不去了，你们去吧"，似乎她想过脱离尘世的生活。只有和小姐们在一起时，才会心情舒畅，也只有这时候才能听到她快乐的笑声。幸运的是，这三位小姐都健康茁壮地成长，身材也日渐增高，最小的小督殿也已经开始学步，牙牙学语。夫人看到孩子的成长，心想要是丈夫活着那该多好啊。一想到这些，她又长吁短叹。作为母亲，她心里最难以忘怀的还是万福丸少爷，这是永远无法承受的心中的痛。由于自己思虑不周，轻易信人，把儿子交给敌人，才酿成悲惨的结局。所以，骗人者固然可恨，而自己这个受骗者也悔恨懊恼，无法宽恕自己。另外，寄养在福田寺的小儿子现在又是什么情况呢？幸亏信长公不知道她还有这个儿子，所以能逃脱魔掌，幸免于难，但小儿子还是婴儿，分手以后，夫人就一直没有听到他的消息。她嘴上不说，每逢刮风下雨，没有一天不挂念的。因为这个，她越发疼爱这几位小姐，把对两位少爷的母爱都给了她们。

京极宰相高次公当时只有十三四岁吧，后来他成为信长公的"小姓"[1]，但元服之前寄养在清洲，经常来夫人的宅邸玩耍。各位都知道，这孩子原本是与浅井殿家族有亲戚关系[2]的江北守护大名佐佐木高秀公的遗孤。按理说，这孩子本应该是近江藩国的领主，但自从他的先主高清皈依佛门，在伊吹山麓隐居

---

1 小姓，武士的职称之一，在将军身边担任杂务。
2 京极高次之母京极玛丽亚（原名浅井福，浅井久政之女）是浅井长政的姐姐。

以后,由于浅井家族在他的领地内势力太大,他们只好小心翼翼地过日子。到前年小谷城陷落的时候,信长公出于笼络的长远战略,特地把这个孩子叫来,提拔他为小姓。后来,天正十年,他参加惟任日向守[1]的谋反,与安土万五郎一起攻陷长滨城。另外,在庆长五年九月的关原战役中,大坂的西军叛变以后,他仅以三千士兵坚守大津城,对付一万五千名敌军的进攻。当然,这时候还看不出他后来会成为一个骁勇的猛将。从年龄来说,京极宰相高次公正是淘气的时候。尽管生于贵族之家,但从小就是个受气包,看上去一副畏畏缩缩的样子,在夫人面前也很少说话,老老实实,规规矩矩,所以我甚至都不知道他今天是否来了。他的母亲是长政公的胞姐,他与小姐们是表兄妹关系,夫人则是他的舅妈。夫人大概从他身上想到万福丸大少爷,便对他格外喜欢,说道:"我就做你的母亲吧,没事的时候随时过来玩。"她心疼这个孩子,还夸奖道:"别看这孩子平时不爱说话,可心里有主意,是一个聪颖伶俐的人。"果然如此,他和阿初小姐结婚是七八年以后的事,当时小姐们年龄

---

1 惟任日向守,即明智光秀。

尚小，不可能谈论这件事，但是他每次来似乎对茶茶小姐更感兴趣，而不是阿初小姐，对茶茶小姐暗地里怀有期望，经常若无其事地偷瞧她的容貌。当然，似乎没有人察觉到这一点，可是，一个小孩子，却像大人一样镇静自若，沉默寡言，老是在夫人面前毕恭毕敬，谨慎小心，我觉得他心里肯定有什么图谋。不然的话，这房间里又没有什么有趣的事情，他一直一动不动地坐在那里，不觉得无聊吗？好像只有我一个人隐隐约约感觉到他的举动，心里有点害怕，于是悄悄对侍女们说："那孩子好像很关注茶茶小姐。"但是她们都嘲笑我是盲人的胡乱猜测，没有一个人把我说的话当真。

夫人从小谷城陷落的天正元年秋天住进清洲，一直到信长公去世的那一年秋天，前后十年，实际是九年。光阴似箭，回首逝去的岁月，的确如此。夫人避开动乱的时代，也不知道何时何地发生过战争，独自过着平静而寂然的日子，这是多么漫长的九年啊！夫人的悲伤心情随着岁月的流淌逐渐缓和下来，寂寞的时候又开始操琴安抚自己。弹琴原本就是我的喜好，还可以消愁解闷，于是在工作之余，开始勤奋学习吟唱谣曲和三味线，努力研磨技巧，终于达到令夫人满意的程度。说到唱谣

曲,那首《隆达节》的小呗¹就是在那个时候开始流行的,歌中唱道:

哎呀呀,那是什么?

是白霜,是雹子,还是初雪?

潮湿湿的夜,

就要破晓。

下面还这么唱:

争风吃醋妒火烧,

抓起枕头随意抛。

枕头有何错?

不要随意抛。

---

1 小呗,这里不是指江户时代的"小呗",而是平安时代的"小歌",相对于正式典礼上演唱的"大歌",是流行于民间的短歌谣。

更可笑的歌词还在后面：

送你一条细腰带，

说是贴身系习惯。

不料遭你斥一通：

要是腰带系习惯，

你的肌肤也睡惯。

我经常给大家演唱这首歌谣。近来这首《隆达节》似乎已经过时，但有一时如现在的《弄斋节》一样广为传播，不分贵贱，人人爱唱。一次，太阁殿下在伏见城观赏能乐时，特地把隆达殿请来，让他在舞台上演唱，幽斋公则在一旁敲小鼓伴奏。我在清洲的时候，《隆达节》逐渐开始流行，起初完全只是给侍女们消愁解闷，用扇子一边击拍一边低声吟唱，我教她们如何把握曲调。可是，侍女们更喜欢上面所说的很可笑的歌词，每次都让我演唱，她们都笑得前仰后合。这歌谣传到夫人的耳朵里，她说："你也唱给我听听。"虽然我一再推辞说："对夫人来说，这样的歌谣不堪入耳。"但夫人说："你一定要唱。"执意想听,所以后来就经常召我去演唱。夫人十分喜欢诸如"绵绵春雨啊,下吧下吧,别把花儿打落"之类的歌词,总是让我唱给她听。我觉得她喜欢这种情意缠绵、感情深沉的歌曲,而不是那种热闹欢快的歌词。我经常给夫人演唱的歌谣还有:

骤雨啊冬雪,

四季落大地。

思君泪涟涟,

袖湿无尽时。

另外还有:

日夜思恋心,

不告玉君知。

佯装无此意,

情愫终难忘。

也许是这两首歌词总在我心中回荡的缘故,在我充满感情地演唱时，从心底涌出一股不可思议的力量，感觉曲调更加圆润宛转，声音更加华美悦耳，让在场的所有听众都感动倾倒，我也陶醉于自己歌声的精彩美妙，胸中的不快顿时一扫而光。而且，我还潜心研究三味线的谣曲，在歌词之间巧妙地加入间奏，使得谣曲更加深情。我这么说似乎有点自吹自擂，但用三味线伴奏小呗，的确是由我鼓弄出来的，前面已经说过，当时一般都是用小鼓击拍来伴奏小呗。

话题又转到演艺上来，我一直这样想，要是天生一副好嗓子，又能唱悦耳动听的好歌，那就是人生最大的幸福。隆达殿原先是堺市的药商，就因为歌唱得好，才被太阁殿下召去，让幽斋公给他击鼓伴奏，这是多有名誉的事啊。不过，他本来就是演艺界的名人，独创一个流派，与他相比，我这样的人不能望其项背，何足道哉。然而，我在清洲城的十年岁月里，早晚陪伴夫人，不离左右，不论春花秋月、雨雪阴晴，都是我陪同夫人吟唱风雅的歌诗，我受到夫人非同寻常的恩泽，也使我对音乐有所领悟通晓。人有各种各样的愿望，什么是幸福？看法因人而异。也许有人觉得我这样的人生境况十分可怜，但就我自己而言，这十年是我人生中最愉快的时光。我并不羡慕隆达殿，要说什么原因的话，那是因为我能按照夫人的需要改造三味线，掌握独特的伴奏技巧，而且演唱夫人所喜欢的谣曲，缓解她心头的忧愁，所以总是获得夫人的称赞，这远比得到太阁殿下的赞赏更令人满足。一想到也许自己是盲人的缘故，我活到这么大岁数，从来没有为自己的失明感到懊悔。

　　谚语说：有志者事竟成。别看我是一个可怜兮兮的盲人，但也和普通人一样，有着忠义之心。我在心里由衷地祝愿，希望夫人的愁闷烦恼尽快消除，尽量过上舒心的日子，我还向神佛祈祷。大概是这个缘故，不，也未必就是这个原因，这一阵子夫人的身体逐渐胖了起来。有一段时间，夫人憔悴消瘦，现在又不知不觉地恢复到以前那样的丰满娇艳。刚回到故乡那个时候，夫人肩胛骨与最上面的肋骨之间深深凹陷下去，越陷越深，脖子四周似乎小了一半，羸弱瘦削，一说话就伤心落泪。这样过了三年，从第四年开始，令人高兴的是，夫人一点点长肉，到第七年、第八年，恢复到比在小谷城时更加丰腴娇美、光彩照人，根本不敢相信是一个生过五个孩子的女人。我问那些侍女，她们都说夫人以前圆脸变成瘦长脸，现在脸颊又饱满起来了，而且，一两绺鬓发垂落下来，更显得风情万种，甚至连女人都对她心荡神摇。夫人天生冰肌雪肤，又多年居住在不见天日的里屋，白得如多年不化的积雪，听说有人在黄昏暮色中从她面前走过，看到她那一张陷入沉思的脸庞，会吓得浑身起鸡皮疙瘩。盲人非常敏感，通过手感就能知道夫人的肌肤非常细腻精致，而且我不用向别人打听，也知道她的肤色白玉无瑕。何况夫人才年近三十，随着年龄的增长，正是花容月貌、俏丽多姿的时候，丽泽生辉，青丝飘逸，如芙蓉出水，婀娜柔美，再加上丰盈的体态，实在是妩媚绚丽，仿佛柔软光滑的丝服也会从她的身上滑落下来，那肌肤的柔嫩细滑比年轻时候更胜一筹。然而，如此仪容俊秀的夫人却很早就失去夫君，只好将羞花闭月之貌深藏不露，每晚孤梦深闺，这是多么残忍啊！人们说深山的花香比平地上的更加芬芳，但如果有人知道玉帘深闺里的夫人只能春来庭院听莺鸣、秋望山头月倾斜的孤单身影，即便不是秀吉公，也会为之燃烧起苦恼的熊熊烈焰。这大概就是世间的命运安排吧。

　　这个时候，夫人似乎在等待着花开二度的机会，但对过去的痛苦和悔恨还没有完全忘怀。我只听到一次她对我吐露的心里话，以前没有过，后来也没有。那一天，我一边给夫人按摩一边陪她说话,不记得什么话题引起来的,意外地听到夫人的真实想法。那一天,夫人一开始就显得心情很好,讲述小谷城、长政公和其他各种各样的往事,同时还说到那一年信长公和长政公在佐和山城第一次见面的经过。那是夫人婚后不久,大概是永禄年间吧。当时佐和山还是长政公的领地,信长公从美浓国过来,长政公特地到磨针岭迎接,然后陪同他到城里来。初次见面的寒暄过后,长政公尽善尽美地热情款待信长公。第二天,信长公说道:"当今天下大事改日再议,如何?今天我要借用贵城池,自己作为主人表示回谢之礼。"说罢,将长政公和他的父亲久政公请出来设宴款待,织田信长赠送的礼品一文字宗吉的长刀以及大量的买马金银[1],一直发到众多武士。浅井公的回礼有祖传的备前长船兼光锻造的宝刀、藤原定家在藤川游览时使用过的和歌书籍《近江名胜》以及桃花马、近江八幡棉等各色东西,还给随从赠送新锻造的长刀、腰刀等。夫人因为好久没有见到兄长,特地从小谷赶过来,让信长公喜出望外,将浅井家族的老臣们请过来,说道:"大家听着:各位的主

---

1 买马金银,指用来购买马匹的金银。

公备前守如今成为我的妹婿，今后整个日本将飘扬我们两家的旗帜！只要大家齐心戮力，建立奇功，我一定拔擢各位成为大名。"筵席从早上一直延续到晚上。夜间，三人进入里屋，和睦亲切地饮酒交谈。信长公在城里住了十几天，长政公用从佐和山的山溪网捕的鲤鱼、鲫鱼等各种淡水鱼款待，信长公心满意足，这些特产在美浓国都是难得一见的佳肴，所以希望回去时带一些。在信长公回去的前一天，长政公又举行盛宴，依依惜别，最高级别的访问圆满结束后，信长公启程返回。

"那时候内大臣公[1]和德胜寺公[2]的关系看似非常好，我心里多高兴啊！"夫人把这些事情详详细细地告诉我，继续说道，"回想起来，那十天是我最幸福的日子。说起来，人的一生中愉快的时间并不多。"其实，别说夫人，连武士们也都没想到两家后来会失和，大家都在高高兴兴地祝贺两家友好千秋万岁，但是长政公将祖传的备前长船兼光锻造的宝刀作为礼品送给对方，听说后来有人提出异议。因为这把宝刀是祖上亮政公

1　内大臣，指织田信长。
2　德胜寺，指浅井长政。

所珍藏的宝物，不管多么隆重的庆祝典礼，都不能把这把祖辈相传的重器赠送给别人，这样做正是浅井家族被织田家族消灭的前兆。这样的解释有点穿凿附会，寻找理由。其实是长政公认为夫人以及其兄对自己是绝非寻常之人，才把这么贵重的东西送给他。因为这件事导致浅井家族的灭亡，这不过是世间那些不懂装懂的人看到时局的变化后的无端猜测罢了。我把这个想法告诉夫人，夫人点头说道："你说得对。内兄也好，妹婿也好，这与国是否灭亡的关系不大。作为内大臣，只带着一点随从，从美浓国远道经过不知是友是敌的地方，来到这里，其实是很不容易的。德胜寺公充分理解信长公的这种心意，按照他的性格，那样盛情接待也是理所当然的。"夫人接着又说道："当然，在众多武士中，也有个别做事轻率的人。我记得一个名叫远藤喜右卫门尉的人，在我们一行返回小谷城的时候，从后面驱马上来，背着我，悄悄对主公耳语道：'今晚织田公在柏原下榻，他喝醉了，这正是除掉他的好机会。'主公笑着说：'你这家伙说什么傻话。'没有采纳他的建议。"

那一次，长政公一直送到磨针岭，话别后，命远藤喜右卫门尉、浅井缝殿助、中岛九郎次郎三人陪同信长公到柏原。信长公到达柏原后，住进常菩提院的旅舍，说："这儿是长政公的领地，无须担心。"让警卫武士住到街上去，身边只带着贴身随从和当班的人。远藤喜右卫门尉见状，立即策马扬鞭，急如星火地驰回小谷，避人耳目地单独向长政公汇报说："我仔细观察信长公的状况，感觉此人机灵如猿猴攀树，敏锐如明镜照影，将来必是可怕之对手，绝对不会与主公和睦相处。今晚信长公似乎放松警惕，身边只有十四五人。机不可失，应立即动手，此乃上策。请主公速下决心，派兵前往，将其主从悉数剪除，然后趁乱攻占岐阜。这样，浓州、尾州皆收入囊中，并乘胜追击，直取江南的佐佐木，将旗帜插上京都；然后征讨三好，用不了多久，天下一统，归主公所有。"对于远藤喜右卫门尉的一再劝说，长政公回答道："大凡武将应有素养，运用谋略攻杀固然可以，但信长公是充分相信我才过来的，我这样背信弃义地突然袭击，这不是武士的正道。信长公在我的领地十分放心，如果我利用他的麻痹大意，将其歼灭。虽一时得利，也会受到上天的惩罚。要是我想杀他的话，前不久在佐和山就可以动手，但我认为这样做背离义理。"长政公最终还是没有采纳远藤喜右卫门尉的建议，远藤喜右卫门尉说道："主公既然这么说了,我也没办法,但以后会有后悔的时候。"接着,他返回柏原,若无其事地宴请信长公一行。第二天,将其顺利地送到关原。

夫人把这段往事详细告诉我,说道:"现在想起来,其实远藤说的话里就已经有这种预感了。"

夫人说完后,忽然声音颤抖着,我听着感觉异常,心头一惊,不知所措,只听她自言自语般说道:"一方重义理,另一方不讲义理,又有什么用呢?难道争夺天下非得采取禽兽不如的手段吗?"

夫人说完后,不再作声,感觉她似乎憋着一口气,我心想这怎么回事,按摩夫人肩膀的手便停了下来,不由自主地跪拜下来,说道:"恕我冒昧,诚如所言。"

"辛苦了。"夫人说道,"好了。你下去吧。"

我立即退到隔壁房间,这时,隔着纸拉门传来夫人抽泣的声音。起先夫人的心情还不错,怎么突然变坏了?刚才的那一番话出于什么用意?开始的时候只是回忆难以忘怀的往事,后来不知不觉地深入进去,回想起不该回忆的那些事情。按理说,夫人不会对一个卑微的家仆吐露自己的心里话,然而,这些悲哀的情绪长期以来只能深深埋藏在心底，也许她是无意识脱口而出吧。长政公和信长公在小谷第一次相会之事在时隔近十年后的今天依然记忆犹新，可见这件事，尤其对兄长信长公的刻骨仇恨已经烙在心中。作为丈夫被害的妻子、儿子被害的母亲，这是何等的血海深仇！我第一次知道夫人的心情，这种罪孽和恐惧使我全身颤抖。

此外，还有很多有关夫人居住在清洲时的回忆，但都是一些琐事，所以就不讲了。下面我谈谈信长公死于不测事变以及后来夫人再嫁的过程。

关于信长公死亡一事，大家都知道得很清楚。夜袭本能寺发生在天正十年，即壬午年六月二日，任何人做梦也没有预感到。而且，信长公的儿子城介公也在他的二条宅邸里被明智的士兵包围，被迫自尽。但信长公父子死亡的消息传到外界时，引起极大的混乱。那时，信长公的次子北畠中将殿（织田信雄）来到势州，三子三七殿（织田信孝）和丹羽五郎左卫门尉殿一起来到泉州堺港，柴田、羽柴等武士都远征在外，只有蒲生右兵卫大夫殿带领少数士兵留守安土城，保护信长公夫人以及侍女们。蒲生右兵卫大夫殿命武士骑马到城下四处奔走，大声叫喊：" 大家不要乱！不要乱！" 但是，老百姓又哭又叫，说是明智的军队很快就要打过来了，安土城已成惊弓之鸟。蒲生右兵卫大夫起初打算据城坚守，但看到城里一片混乱不安，于是产生动摇，迅速改变主意，带着信长公夫人以及贴身侍女急急忙忙逃到自己的城堡日野谷。据说那是三日的卯时。五日，日向守进入安土城，接收城里所有的金银财宝，也把其中的一部分分给手下武士。既然安土城已经陷落，上下一片震动大哗，似乎明智的军队很快就要攻打岐阜、清洲。这期间，前田玄以斋殿从岐阜城带着城介殿的夫人及其儿子逃往清洲。这位公子是信长公的嫡孙，后来成为中纳言殿，当时还是叫三法师殿公（织田秀信），才三岁，与母亲一起居住在因幡山的城堡里。城介殿自戕时给前田玄以斋殿留下遗言："他们留在岐阜非常危险，尽快逃往清洲。" 所以，前田玄以斋殿逃出京城以后，亲自抱着三法师公逃往清洲。

这时，明智的军队已经攻陷佐和山城、长滨城等诸多城池，踏平整个江州，并继续向蒲生公据守的日野城挺进。北畠中将殿打算从势州前往增援，但打到近江路，就无法前进，因为一路上到处都发生农民暴动，挡住去路。一时间大家都束手无策。

不久，三七信孝（织田信孝）殿和丹羽五郎左卫门尉殿共同驰援大坂，歼灭了日向守的女婿织田七兵卫。日向守听到这个消息后，就将日野城交给明智弥平次，自己于十日回到坂本军营。十三日，山崎会战打响。十四日，秀吉公已经抵达三井寺阵地，日向守的首级与尸体被串在一起在粟田口示众。

说到各路将领在这次胜仗中的功劳，那又是十分了得。三七信孝公、丹羽五郎左卫门尉殿、池田纪伊守等都共同配合秀吉公作战，发挥各自的作用，然而，尤其是秀吉公，很早就与毛利[1]方面达成协议，十一日早晨就抵达尼崎，调动部署，兵贵神速，神鬼莫测。日向守起先对此一无所知，布阵山崎，后来听说秀吉公已经逼近，才手忙脚乱地重新调动部署。由于秀吉公在这次战斗中夺得头功，自然而然地很快成为全军的统帅，于是秀吉公声誉鹊起，威势赫赫，一门中无人与之比肩。

清洲城也得到京都方面的消息，不管怎么说，暂时放下心来，大家面露喜色。但是，过不多久，那些大大小小的诸侯一

---

1 毛利辉元（1553—1625），安土桃山时代和江户时代前期的大名，丰臣五大老之一，长州藩第一代藩主。

窝蜂似的拥进来。当时,安土城已被明智的残部放火烧毁,岐阜城空无一人,而且清洲城本来就是主城,三法师公也在这里,所以谁都想去向他表示敬意。修理亮胜家(柴田修理亮)在越中城外听到本能寺兵变的消息,便立即与景胜公议和,急急忙忙赶来京城吊唁,但在柳濑又获悉日向守已被歼灭的情报,于是即刻奔赴清洲。另外,北畠信雄(织田信雄)殿、三七信孝殿、丹羽五郎左卫门尉殿、池田纪伊守殿父子、蜂屋出羽守(蜂屋赖隆)殿、筒井顺庆殿等在十六七日全部集中到清洲。秀吉公在京都收殓主公信长公的遗骸后,先返回长滨的主城,很快奔来清洲。信长公在世时,主城放在安土,然后依次为岐阜、清洲,所以很少到清洲来,这里长年都是空荡荡的,人烟稀少,很久没有如此多的武士会聚在这里了。何况以柴田殿为首的,曾经和先君一起甘苦与共的旧臣,现在都成为一国一城之主,有的还成为统领数国的大大名。他们盛装华服,绫罗绸缎,络绎不绝,鱼贯而入,城下顿时热闹杂乱起来,在肃穆的气氛中透着几许坚定。

从十八日开始,众武士集聚在大厅里商议军机,详情不得而知,但大概是就亡君的继承人以及失去领主后的领地分配事宜进行协商。然而，各有各的算盘，人言啧啧，难以统一。于是天天开会，夜以继日，有时候听得见他们高谈阔论。有些人认为，按正统而言，应该由信长公的嫡孙三法师公作为继承人，但因为其年幼，暂时由北畠殿继任。这样一来，事情就变得复杂起来。最后的结果，还是决定三法师公作为继承人。但是，柴田殿和秀吉公从一开始就意见相左，针锋相对，互不让步。秀吉公在这次作战中立下头功，不少武士从心里佩服他，但胜家（柴田修理亮胜家）公是家族的长老，除了主公兄弟之外，他的武士地位最高，无论何事，他都要压制他人，横施淫威。尤其知行地[1]的问题上，胜家公独断专行，将丹波国封给秀吉公，自己则霸占秀吉公原先在江州长滨主城的六万石[2]领地，这进一步加深了双方的分歧。但我认为，这些仅仅是表面原因，更深层次的原因是争夺小谷夫人，看谁能够抱得美人归。

此前，只要胜家公一到清洲，肯定要去拜会夫人，诚挚

---

1 知行地，幕府给家臣作为俸禄的土地。
2 石，体积单位，主要用于计量谷物。1石为10斗。

问候。他似乎暗地里委托三七信孝殿作为冰人撮合。一天，三七殿来拜会夫人，劝夫人再醮胜家公。不管怎么说，夫人以前都是依靠哥哥而生活，尽管对他生前的所作所为怀有仇恨，但事到如今，也只能自叹自怨，努力忘记过去的怨恨，一心一意为死者祈祷冥福。她对自己的未来倒不在乎，只是想到三位小姐必须有一个强有力的靠山。就在她束手无策的时候，听到胜家公对自己的一片深情。她没有表示同意，也没有表示不同意，只是显示有点吃惊的样子。她需要深思熟虑：要不为夫君胜德寺殿下守节不移，要不作为遗孀嫁给织田家的家臣。就在她迟疑不决的时候，秀吉公也提出了同样的意愿。那么，秀吉公是通过谁提出来的呢？我想大概是北畠中将殿吧。其实北畠中将殿和三七信孝殿是同父异母的兄弟，可是，这两个兄弟的关系并不和睦，一个投靠胜家公，一个靠秀吉公撑腰。

更深入的细节，我本来是不知道的，但侍女们嘀嘀咕咕的议论，也进入我的耳朵。这个秀吉公在小谷的时候就暗恋夫人，那时我就说那孩子好像很关注茶茶小姐，但她们都嘲笑我是盲人的胡乱猜测。这十年里，秀吉公南征北战，攻城略地，屡建奇功，但是在战火纷飞的空隙，他心中依然思念夫人的倩影。如果是过去，他与夫人之间还有身份的差别，但经过山崎一战，他为先主报仇雪恨，也许将来就是一统天下的人物。他打算现在就向夫人明确表达自己一往情深的恋心。秀吉公还说得过去，让我万万没有想到的是，一向显示武勇刚强形象的胜家公竟然也对夫人怀有温柔的恋情。说不定这不仅仅是单纯的争夺，我觉得很可能是三七信孝殿和柴田公（胜家公）早就看透秀吉公的意图，于是勾结密谋，让柴田公故意求亲，给秀吉公制造障碍。我觉得自己嗅出这其中也许有几分这样的气味。

不过，不管秀吉公的求婚是否有障碍，这桩婚事肯定是不能成功的。夫人听了北畠中将殿的话以后，说道："藤吉郎打算娶我做妾吧？"她觉得这简直是岂有此理。秀吉公有一个正室，名叫朝日。自己要是嫁过去，尽管口头上说和正室一样，实质上还是妾。而且，尽管现在信长公已经离开人世，但攻打小谷城立下大功、将浅井公的全部领地攫为己有的正是这个藤吉郎，骗万福丸少爷出来残忍杀害示众的也正是这个藤吉郎，一切的一切，这个藤吉郎就是罪魁祸首。我觉得夫人把对兄长的仇恨全部转移到秀吉公身上。何况自己又是正统高贵的织田家的女儿，怎么能嫁给一个最近崭露头角却连氏族家名都没有的蓬门荜户的暴发户为妾呢？既然不能一辈子守寡，胜家公自然要胜于秀吉公。尽管夫人尚未最后决断，但消息已经悄然传遍全城，这就更激化两个人的矛盾。对胜家公来说，自己为主公报了仇，但这份功劳却被别人抢走，让他嫉恨。对秀吉公来说，胜家公既是他的情敌，还有霸占他领地的仇恨。所以，两个人一起出席议事会的时候，由于互相怀恨在心，唇枪舌剑，针尖麦芒，一方这个意见，另一方肯定反意见，而参会的人也以信长公的两个儿子（北畠中将殿、三七信孝殿）为首分成柴田（胜家）派和羽柴（秀吉）派。

在召开议事会的时候，柴田三左卫门胜政殿悄悄把胜家公拉到偏僻的地方，轻声说道："现在就动手，杀掉秀吉！留着他会坏事。"

毕竟是胜家公，他没有同意，说："我们现在是全力辅佐幼主，同室操戈，会留下笑柄。"

不知道是否这个缘故，秀吉公也提高了警惕。他夜间多次如厕，一次，丹羽五郎左卫门尉殿在走廊上叫住秀吉公，也说了同样的话："要想一统天下，就必须杀了胜家公。"

秀吉公说道："怎么？你把他视为敌人吗？"也没有同意。

也许大家觉得开长会解决不了什么问题，会议很快就结束了。秀吉公立即悄悄离开清洲，经过美浓、长松，回到长滨，事情就这样平静结束。

后来，三法师公迁往安土，在长谷川丹波守殿、前田玄以斋殿等的保护下，在江州生活，直到成人，拥有三十万石的知行地。北畠中将殿镇守清洲城，三七信孝殿镇守岐阜城。各路诸侯都写下忠于三法师公的誓约，然后回到各自的领地。

这一年的秋末，夫人完成再婚仪式。这桩婚事由三七信孝殿执柯作伐，所以夫人从清洲、胜家公从越前出发，同赴岐阜城，在该地举行婚礼。然后夫妇俩带着小姐们前往北国生活。

关于夫人再婚的过程，世间各种传说不胫而走，好在前前后后的事情我都在场，而且还陪同夫人到越前，所以总体情况都比较了解。当时有一种说法，秀吉公听到夫人出嫁的消息时，说不能让胜家公把夫人带回越前，便派兵部守长滨，准备在路上阻截；还有人说，秀吉公因为听了池田胜入斋殿的规劝，才取消这个计划；还有人说这完全是无根无据的谣言。事实是怎么样的呢？秀吉公派他的养子羽柴秀胜公代表他去岐阜表示祝贺。羽柴秀胜说："父亲身体欠佳，所以大婚之日不能前来祝贺。父亲说，过几天，柴田公回国的时候，打算在途中迎候，献上一杯薄酒，祝贺这大喜的日子。"胜家公愉快地接受，表示感谢秀吉公的深情厚谊。就在这时，突然从越前过来许多人迎接新郎新娘，经过紧张的商量，决定派使者向秀胜公表示歉意，谢绝好意。并在当晚紧急出发，向北国进发。至于秀吉公是否布下什么罗网，我不得而知。我所知道的就是这些情况。

那么，夫人怀着一种什么样的心情去北国呢？她觉得怎么说都是再婚，即使婚礼举办得多么豪华热闹，也还是再婚，心里难免有一种孤寂的感觉。夫人嫁到浅井家的时候，婚礼仪式的所有都是隆重辉煌的，但如今自己也年过三十，经历过人生的种种苦难，现在带着三个小孩在积雪深厚的北国路上艰苦跋涉。这又是什么样的因缘啊？连走路的路线都和前一次相同，走驿站，从关原进入江北，大概会经过令人眷念亲切的小谷城吧？但是，我上一次是在永禄十一年龙年的春天，这一次却是经过了十五六年以后。虽说还是秋天，但已经进入北国的冬季，更何况是半夜三更匆匆赶路。一路上没有欢笑，甚至有的侍女听信秀吉公的军队会在半道上劫走夫人的谣言,胆战心惊,惊慌失措。不仅如此,夜路坎坷难行,正好遇上伊吹寒风[1],凛冽刺骨,举步维艰,越走越冷。到达本柳濑时,下起了雨夹雪。山路险峻,蜿蜒曲折,人和马都感觉呼吸困难,小姐们和贵夫人们肯定都提心吊胆。我这个盲人,本来走路就很不方便,吃的苦头就可想而知。

我想得更多的是夫人这样翻山越岭艰苦跋涉来到一个冰天雪地的陌生地方,她以后将如何生活?我从心底祝愿他们夫妻和睦,家业兴旺,白头偕老。幸运的是,胜家公对夫人非常体贴温柔,他没有忘记这是先主的妹妹,对她格外爱护珍惜;还有这是横刀夺爱,所以对夫人钟爱有加。抵达北庄城后,夫人很快适应下来,沉溺在与夫君如胶似漆的两情相悦里。室外寒风呼啸,室内温暖如春,这样的日子,可见夫人的再婚是正确的选择。我这样的卑微者,历经十年的忧愁,也终于展眉欢笑了。然而,夫人的幸福真的如昙花一现,这一年又发生了战争。

起初,胜家公想与秀吉公冰释前嫌,重归于好。在婚礼举

---

1 伊吹寒风,冬季在浓尾平原到渥美半岛之间吹刮的西北季节风。

行后不久，就派加贺大纳言利家公、不破彦三殿、金森五郎八殿以及养子伊贺守殿作为使者，前往京都拜访秀吉公，表示"同出一门，龃龉不合，深感有辱先君灵位，今后尚望亲密共处"。当时秀吉公也十分欣喜高兴，说："我也是同感。有劳诸位特地惠临，实不敢当。修理亮殿（胜家）是信长公的老臣，我岂能作对？以后一切都仰仗他的指示。"秀吉公回答得得体巧妙，又盛情款待这几个使者。使者回来一汇报，胜家公一家自不必说，就连我们这些人也都认为两家已经摒弃前嫌，和好如初，以后就可以高枕无忧了，夫人也就可以平平安安地幸福生活。我们也为她松了一口气。然而，不出一个月，秀吉公亲率数万铁骑出兵江北，远程包抄长滨城。有人认为，这是秀吉公的老谋深算，经过周密筹划，最终目的还是意在北庄。为什么这样说呢？因为据说胜家公已经和三七信孝殿商定，北国冬天积雪深厚，无法出兵，所以当前要对秀吉公显示友好和睦的政策，待来年春天雪化后，与岐阜的三七信孝殿联手进军大坂。两家的谋略究竟如何筹划，我们当然不得而知。当时镇守长滨城的是胜家公的养子伊贺守殿，可是这个人平时憎恨胜家公，很快就投诚羽柴秀吉公，开关献城。秀吉公的军队如潮水般涌进美浓国，紧逼岐阜城。

各种情报络绎不绝地传到北庄，如流水般源源不断，接踵而至。十一月是这里的严寒季节，外面冰天雪地，胜家公每天忧愁苦闷地望着天空，悔恨气愤，心想自己被那只猴子[1]欺骗了，要不是这么大的雪，凭着自己的武略，出兵大阪，还不是以石击卵，踏平秀吉。他使劲踩踢院子里的积雪，恨得咬牙切齿。夫人一边看着，提心吊胆，身边的人一个个惶惶不安。

就在这十五六天的时间里，羽柴秀吉公的军队势如破竹一举攻克大半个美浓国，岐阜沦为一座孤城。三七信孝殿陷入绝境，便托丹羽五郎左卫门尉殿求降，秀吉公大概考虑到他是先主的兄弟，就同意他投降，但提出要把他的母亲作为人质，送往安土城，待这一战打赢后再领回去。

不觉到了天正十年的岁末，迎来新年的正月，北国依然寒气凛冽，积雪未化，胜家公只要一想到那个"可恨的猴子"，再一想到这"可恶的雪天"，心里就极不痛快，所以迎接新春

---

[1] 说法不一，据说丰臣秀吉长相有点像猴子。早年在织田信长手下干活，信长喜欢其聪明伶俐，总叫他"猿"。前文茶茶说秀吉长得像猴子。

的仪式也就是形式而已，没有心情。而秀吉公这边呢，他正谋划利用这大雪的冬季消灭柴田胜家手下的大名。新年过后，他率大军向势州推进，横扫泷川左近将监殿的领地，于是，到处都在激战的消息满天飞。虽然北国现在表面上还算平静，但只要积雪融化，这一片必定成为战火纷飞的疆场。所以，城里就开始紧张地准备，大家也都心神不安。

这种上下备战的时候，我这样的人实在派不上用场，只是无所事事、无精打采地坐在火盆旁边，但是，我心中日夜挂念的还是夫人。这样的紧张气氛里，胜家公和夫人从容宽裕地说话的时间都没有，本想婚后能够过上安逸平稳的日子，没想到又是如此动乱，要是这样的话，还不如留在清洲更好。当然，如果我们能打赢，那再好不过，但这座城堡又会变成尸横遍野的修罗场，这与小谷城那样的残杀又有何不同呢？这不仅是我一个人的想法，侍女们聚在一起就会这样议论，不过她们互相安慰道："我们的老爷绝对不会失败，不必杞人忧天。"

这个时候，有一天，京极高次公逃到北庄，投靠夫人。过去，夫人居住在清洲的时候，他还不到元服的年龄，经常来玩，现在已经成了一个英俊的青年。如果他生长在一个和平的世道，也许成长为将军了。但是他忘恩负义，背叛信长公的大恩，是可耻的叛徒；成为日向守的同伙，是一个罪不容诛的罪人。他是秀吉公严加通缉的要犯，在近江各国到处逃窜，这次趁着江北混乱的局势，觉得没有自己的容身之地，便想投奔舅妈这里。他身边带着一两个人，披蓑戴笠，隐蔽身份，翻山越岭，跋涉积雪，来到城里的时候，身体瘦削，虚弱无力。见到夫人时，他说道："愧疚羞惭之至，落魄坎坷之身，恳请收留。是生是死，听凭舅妈发落。"夫人仔细地看着他的模样，只说了一句"你干了多么卑鄙无耻的事"，便没有说下去，只是默默地落泪。但是，后来，不知道怎么回事，还是夫人向胜家公说情，虽说是明智的余党，也是因为被秀吉公追赶得走投无路，才到这里来的。胜家公也有点同情，便说："那就宽恕他吧。"这样京极高次公就在城里住下来。

不久，高次公和阿初小姐结婚。我不知真假，只是听一个侍女说的这桩新鲜事。她说，本来高次公想娶茶茶小姐，但茶茶小姐说"我讨厌流浪武士"，所以他只好不情愿地娶了阿初小姐。茶茶小姐从小就自尊心强，眼光高，加上从小就由母亲一手带大，说话做事都比较任性，所以敢蔑视高次公是一个

"流浪武士",高次公也就知道人家看不上自己。后来在关原战役时,高次公又背叛,向德川的关东军投诚,大概也有他一直没有忘记淀夫人(茶茶小姐)对自己的羞辱而怀恨在心的因素吧。

这也许是我的无端猜测,高次公这次逃到北庄固然有投靠舅妈的目的,但更主要的是为了追求他在清洲时就暗恋的茶茶小姐,不然,他的妹妹已经嫁给了若狭太守武田殿,他完全可以到那儿去,何必要跑到越前来呢?越前的只是他的舅妈,并非直系亲属,而且现在又已经嫁人,他作为明智的残余,不仅没有任何理由投靠柴田殿,而且要冒着被抓住斩首示众的危险。然而,他居然顶着漫天大雪冒着生命危险跑到这儿来,其目的就像"筒井筒"[1]中的恋爱那样,追求青梅竹马时代对茶茶小姐的爱情。然而,他的愿望付之流水,成为泡影,实在可笑,本来没有考虑娶阿初小姐,却阴差阳错地两人结合在一起。不过,当时只是订婚,只在家庭内部表示祝贺。

在乱纷纷的时局中,正月末或者二月初举办了这桩喜事的

---

1 筒井筒,源于《伊势物语》中的和歌,比喻幼小时候的男女朋友。

仪式。这时，佐久间玄蕃殿奉胜家公之命，率领两万多骑兵，作为开路先锋，踏着残雪，打到江北。秀吉公从伊势的军营疾驰到长滨，第二天一大早，化装成"足轻"[1]的样子，带着十个熟悉当地情况的老人一起登上山顶，仔仔细细地观察柴田军营要塞，并说："看这样子易守难攻，我们要加固自己的城堡，做好打持久战的准备。"于是，秀吉公的军队着力进行最严密的防守准备，并没有打算立即进攻。双方就这样相互对峙，过了三月，进入四月以后，胜家公即将带兵向柳濑一带进发。

这个时节，北国的樱花开始飘落，进入春末。由于这是夫人嫁过来之后胜家公的首次出征，夫人特地准备干鲍鱼丝、干栗子、干海带[2]等，摆放在大厅正中间，衷心祝愿丈夫胜利归来。胜家公兴冲冲饮下出征酒，说道："我毕其功于一役，歼灭敌军，轻取藤吉郎首级，一个月内攻入京城，等待我的捷报吧！"说罢，走向中门，夫人送行至此。胜家公将弓箭挂在门边，打算上马，这时战马突然嘶鸣起来，夫人立即脸色大变。

1 足轻，战斗中的步卒，最下层的武士。
2 这三样东西都是用来祝福的酒肴。

这个时候，岐阜的三七信孝殿表示秀吉公是自己的敌人，答应暗中策应胜家公；大和国的筒井顺庆殿也数日内倒戈秀吉公。秀吉公足智多谋，但在武勇方面还是胜家公更加出类拔萃，而且，胜家公作为织田家族的家老（家臣之长），令诸多大名都非常折服。胜家公为首的佐久间盛政（佐久间玄蕃）、原彦次郎、不破胜光、金森长近等众多武将都是百步穿杨的神箭手。谁能料到这样的精兵强将会一败涂地呢？柳濑战役、贱岳战役的经过家喻户晓，连三岁小孩也知道，所以我也没什么好说的。但我感到非常可惜的是玄蕃殿过于麻痹大意，如果他能听从胜家公的话，马上撤退，加强防御工事，那么，顺庆殿就能出击，美浓方面的军队也从后面增援上来，如果出现这样的局面，这场战役的结果就很难预料。胜家公从大本营七次派遣级别很高的骑士使者，苦口婆心地劝说玄蕃殿听从胜家公的忠告，但是他说"舅舅[1]老糊涂了"，置若罔闻，结果大军被杀得片甲不留，落花流水。

---

1 佐久间盛政的母亲是柴田胜家的姐姐，胜家是其舅父。

胜家公的大本营距离玄蕃殿的军营绕道有五六里[1]，直线距离仅一里，大概因为胜家公气昏了头，这么短的距离，怎么不去救援呢？至少也可以把玄蕃殿救出来吧？也许这样做不符合他刚烈的脾气吧。虽然不至于到玄蕃殿所说的"老糊涂"的程度，但胜家公自从娶了貌美如花的妻子后，也的确消磨了锐气，变得柔和起来。这场战役的失败，连我这样感到无比恼怒的人也不能不数落几句。

阴历四月二十日，佐久间玄蕃殿在北庄攻陷敌人的城寨，砍了中川獭兵卫尉殿首级，胜家公看到捷报，兴高采烈。旗开得胜，是个好兆头。然而，这天夜里，江北方面，沿着美浓路的海路和山路上布满火把，密密麻麻，熊熊燃烧，犹如万灯会，二十日的月亮顿时黯然失色。秀吉公似乎连夜从大柿[2]驰马回营。当他二十一日拂晓抵达余吾湖（余吴湖）畔的时候，忽然听见对岸人声喧哗，探子来报，说是玄蕃殿的阵地已经摇摇欲坠。当日未时（下午两点左右），又有探子来报，对方的士兵

1　1里约为3.9公里。
2　大柿，疑为大垣之误。

开始溃逃，他们说败局已定，胜家公似乎命悬一发。

事出意外，大大超出人们的预料，大家被吓得魂飞魄散，我倒觉得不至于那么严重吧。黄昏时候，胜家公神态凄惨地回来，立即召集柴田弥右卫门尉殿、小岛若狭守殿、中村文荷斋殿、德庵殿等，说道："由于玄蕃盛政（佐久间盛政）不听我的忠告，一意孤行，铸成大错，导致我一世之功名身败名裂，这大概也是前世之因缘吧。"胜家公神情自若，从容镇静。有人问主公的儿子权六殿现在何处，胜家公说："搏杀于乱军之中，生死未卜。"其实，胜家公本想在柳濑拼杀中战死沙场，但毛受胜介殿劝他，说："莫如回城，从容自戕，这里交给我吧。"于是，胜家公将币帛马标[1]交给他，自己回到利家公城堡，吃一碗茶泡饭，然后急急忙忙赶回北庄。利家公提出要随主公一起去北庄赴死，并跟着他上路，但胜家公坚决要利家公回去。利家公往回走的时候，胜家公又叫住他，说道："你和我不一样，你过去就和筑前守关系密切。你对我也完全践诺了誓约，以后你应该和筑前守和睦相处，好好保

---

1 币帛马标，在战场上插在大将马匹旁边的标志。

住自己的领地。你为我做出的努力，我胜家深表感谢。"然后，胜家公和他愉快地告别。

这是二十一日傍晚的事情，第二天，二十二日，以堀久太郎殿打头阵，秀吉公的大兵排山倒海般向北庄蜂拥过来，秀吉公随后到达，登上爱宕山，指挥调动各路军队，将城池围了个风雨不透。

全城的人都知道已经到了生死关头，然而，在大难临头的最后时刻，人们没有叫喊骚乱。胜家公在大战前夜把所有部下召集起来，说道："我打算在这座城堡里抗击敌军，最后一战，赴死如归。愿意与我一起赴难者，可以留下；倘家有父母健在，或妻小需要关照者，无须客气，宜迅速返回故乡。我之本意并非让更多的无辜者死于非命。"有意返乡者，胜家公一律允许，并释放其作为人质的女眷。虽然留在城里的人不是很多，但都是重视武士之荣誉胜过生命的勇士。

像弥右卫门尉殿、若狭守殿这些赫赫有名的武士自不待言，而像若狭守殿的独生子新五郎殿才刚刚十八岁，因病卧床，他让人把他抬到城里，在城前门的门板上写下"小岛若狭守之子新五郎，十八岁，因病难赴柳濑前线。今固守城池，以尽忠孝两全"。

还有一位更年轻的佐久间十藏殿,年仅十五,他是利家公的女婿。[1]尽管年少,因为岳父在府中城里,他偷偷跑到胜家公的北庄城。他的家臣劝他说:"没必要特意跑到那边去守城,这不是自找苦吃吗?"他回答说:"不能这么说,我从小就受到胜家公的养育之恩,他还赐给我那么大的领地,为报答恩义,这是其一;如果我没有和利家公结亲,我还有为母亲尽孝的求生之路,但我认为依赖母亲而苟活世间,那是卑劣懦弱的表现,这是其二;玷污门第,辱没先祖,这是其三。依据这三条伦理,我决心与城堡共存亡。"他已经做好视死如归的思想准备。

另外还有御定番的松浦九兵卫尉殿,他是法华宗信徒,结小庵居住,收留一高僧住庵里。高僧听松浦九兵卫尉殿说要去守城,说道:"大人与愚僧只有现世之缘分,待来生一定陪同左

---

[1] 佐久间十藏是柴田胜家的家臣,1582年与前田利家的三女加贺殿订婚,并且加贺殿作为前田家送给柴田家的人质,与佐久间十藏一起住进北庄城。第二年,秀吉攻北庄城,加贺殿逃出北庄城,而未婚夫佐久间十藏则与柴田胜家殉死。后加贺殿被秀吉纳为侧室,当时十三四岁。

右，报恩谢德。"他没有听从高僧的劝告，来到胜家公的城堡。

还有一个名叫玄久的人，他开一间豆腐坊。他和胜家公是发小，在一次战斗中身负重伤，便对胜家公说："这个身体已经毁了，不能再为主公效劳了，请求退役，以后不再是一名武士，而是一介平民。"胜家公说道："是嘛，那你以后开一家豆腐店吧。"于是，胜家公每年给他提供一百俵[1]大豆。这一次，玄久说："我一定要跟随主公，下辈子照样给您送豆腐。"他特意从市里跑进城里。此外还有舞若太夫、山口一露斋、右笔上坂大炊助殿等。

当然，也有惜命的人，德庵殿是柴田殿的一个法师武者[2]，和文荷斋殿一样，在世上声名显赫，但是他偷偷放走利家公的人质，和他一起逃回府中，投靠利家公。利家公十分瞧不起这个德庵殿，说他是一个忘恩负义的家伙，不见他，也不接收他。后来，这个家伙怎么样了呢？听人说，没有人愿意理他，最后流落街头，穷困潦倒。

----

1 俵，草袋。
2 法师武者，特指平安时代中期到安土桃山时代装束打扮成僧侣的武士。

对了，还有一位村上六左卫门尉殿，身穿白麻寿衣，坚守城中。胜家公命他护送主公的姐姐末森夫人及其女儿出城，他说："请主公派其他人护送。"胜家公说道："不，命你护送，这就是你对我的忠诚。"于是，村上六左卫门尉殿护送母女逃到竹田村。二十四日申时，远望主城天守阁浓烟滚滚，与母女一同自戕。

我记得的大概就是这些人，他们在当时都是有口皆碑的勇士，主公也一定记得他们。他们都是英名流传千古的骁勇志士。

噢，至于我嘛，他们是英雄豪杰，我是平凡庸人，岂能望其项背，只是觉得自己先前死守小谷城的时候捡了一条命，靦颜偷生，如今对这个世间已毫无眷恋，所以一直守在城里。可是，坦率地说，夫人情况如何，我一无所知，我要看到夫人最后的结局，再做出决定。我这么说，显得有点懦弱，其实，夫人嫁到这儿来还不到一年，在小谷城的时候，她与长政公有六年美满的婚姻生活，由于子女的拖累，最后只能和长政公生离死别，但这一次也未必不是这样的命运。然而，胜家公没有说话。胜家公甚至连敌人的人质都能宽恕饶命，而对如此缘浅的妻子，又是蒙受大恩的先主的妹妹和外甥女，就打算把她们推上死路吗？难道他是故意不让可爱的夫人落在秀吉公手里吗？胜家公这样的人，到最后的生死关头，不会做这种怯弱懦软的事，他会有所交代的。我之所以这样想，并不是为了自己能够得救，我的生死命系夫人一身的存亡。

二十二日凌晨，鸡叫头遍时，敌军开始攻城，城下町的大街小巷冒烟起火，浓烟滚滚，火光冲天，天色黯然。从城楼上望下去，雾海迷茫，什么也看不见。秀吉的军队在黑暗的掩护下，悄无声息地各自拿着竹盾、藤盾、云梯等，逐渐向城墙靠拢。这时，天色开始明亮，一眼望去，只见敌军如蚂蚁般麇集护城河边，有的开始过河，有的开始登墙。城内守军开枪，将攀缘上来的附近士兵击毙，但敌军前仆后继，轮番冲击，守军拼死阻击，顽强抵御，双方僵持不下，难分胜负。这一天，两军各有伤亡，不分输赢。第二天，二十三日拂晓，敌军突然偃旗息鼓，停止进攻，守军不知何故，只见五六个武士骑马来到护城河边上，大声叫喊："胜家公的儿子柴田权六殿以及佐久间玄蕃殿昨天夜里已被活捉，他们好惨啊！"城上人听到这个消息后，更加泄气，接着只是装装门面似的把城门关紧，枪声也稀疏下来。

这时我想，如果秀吉公现在还惦念夫人的话，一定、一定会很快派使者过来,我内心把期望寄托在这个使者身上,果然不出所料,这位使者来到城里。派来的使者是什么职务呢?我甚至连他的名字都忘记了,但是,记得他不是武士,而是高僧。他带来秀吉公的口信:"自去年以来,筑前守有幸不得不与柴田殿交战,有赖武运隆昌,直逼阵前。回首过去,曾共同侍奉总见院[1],实乃朋辈,故而未想谋君一命。尽管冒渎修理亮殿,但胜败乃兵家常事,还请看作华盖之运,将昔时之仇恨一笔勾销,献出此城,退隐于高野山麓。倘如此,给予三万石领地,作为终生俸禄。"

然而,这是秀吉公的真心话吗?自己人自不必说,肯定不会相信,但连敌军阵地上也有人说这是秀吉公打算活捉阿市夫人的最后一招,所以,没有一个人相信他说的是发自内心的真意。更何况主公认为筑前守要求他投降极其无礼,便怒气冲冲对使者说道:"当然,胜败乃运气使然。这难道还要他来告诉我吗?要是时来运转,我就要把那个猴头小儿逼得走投无路,剖腹自尽,可惜佐久间玄蕃不听从我的谋略,才导致贱岳之战的

---

1 总见院,指织田信长。

失利，让猴头小儿得胜。我就要以天守阁之火自戕，给世间留下我最后的榜样。不过，这城堡里储存有十几年的火药，一旦爆炸，死者无数，所以让你们的阵地远远后撤，我不希望让更多的人死于非命。你回去以后，把我的话原原本本地传告秀吉。"胜家公说完，立即起身离座，使者也坐立不安，灰溜溜地离去。

我听完胜家公的一番话，知道我的唯一期望已经破灭，心头涌上一阵憎恨和悲怆。但是，这样我也就肯定将悲惨地追随夫人而去，陪伴夫人到达三途河边，永恒伺候在夫人身边。我期望来生投胎有一双明亮的眼睛，那样就可以尽情地欣赏夫人的玉容仙姿。对我来说，这才是真如之月，明月之光照亮我心里的暗夜。我既然如此坚定决心，必将成为善性与智慧之人，对于我来说，死比活将更加愉快。

主公的结局，这样的沦落让我感到无比悔恨，但我现在先不说这些。他说今晚要开怀畅饮，到明天拂晓，将与晨云一道消失得无影无踪。大家做好一切准备，要在天守阁等各个要害之处堆积足够的干草，一到紧要关头，立即点火，万无一失。胜家公命令将所有的好酒一坛不剩地全部搬出来。就在准备人城共毁的最后时刻，敌军也已经看出胜家公的最后决心，紧紧围裹的包围圈逐渐开始松动，后撤到离城池很远的后方。

"嘿，你们看，敌军的火光后退了。这秀吉终于明白了我的决心。"胜家公的声音与平时说话时不一样，显得清爽干脆，传到远处。

酉时左右，酒宴开始。主公命令厨师给城楼各个瞭望塔上的士兵送去美酒，并尽量准备美味的酒菜，其中有不少珍馐美馔。人们在城楼里推杯换盏，觥筹交错。大厅的上座毛皮上并排坐着主公和夫人，下面坐着小姐们，再下面是文荷斋殿、若狭守殿、弥右卫门尉殿等各位著名武士。首先，主公向夫人敬酒。因为主公命令在内室侍奉的所有人都来参加，所以侍女们以及我这样的人也都陪同集中坐在夫人的附近。但是，谁都明白今晚是最后的夜晚，所以主公以及其他武士都身穿颜色华丽的盔甲礼服，佩带大刀以及华美的武具；那些侍女也都身穿平时不穿的、最漂亮鲜艳的服装；听说夫人今晚涂抹的口红、脂粉、发油比平时格外浓厚，冰肌玉肤上套着白绫丝绸的罩袖便衣，系一条厚绢鎏金腰带，披一件金银五彩提花织图案裲裆[1]

---

1 裲裆，武士家庭女性的礼服。套在和服外面的长袖衫。

长袖衫。主公敬酒一巡,说道:"大家不声不响地喝酒,那也太郁闷了。明日即将别离尘世,如此忧忧郁郁,岂不让敌人耻笑?现在开始通宵尽兴行乐,让敌人骇然惊愕。"此时,从远处的瞭望塔上立即传来"砰砰砰"的鼓声。

明日我命休,

不知薄幸郎,

今夜能否来。

别君千里外,

今夜又独酌,

慰我孤寂心。[1]

好像有人跳舞,传来嘹亮的歌声,胜家公说道:"噢,被他们抢先了,我们也不能落后啊。"他带头唱起《敦盛》的幸若舞中的谣曲:"人间五十年,堪比下天何渺小……"这是过

---

[1] 这首歌前三句采用式子内亲王的和歌(《新古今和歌集》),意为:我明天早晨就要死去,如果那个薄幸郎知道这个情况,不知他能否趁着今晚我还活着来看我。后三句采用《闲吟集》中的无名氏诗句。

去总见院非常喜欢的歌谣，尤其是桶狭间战役时，总是高唱这首歌征讨今川殿。对于织田家族来说，这是一首喜庆得胜的歌曲，但如今听到胜家公高亢嘹亮地唱起"人间五十年，堪比下天何渺小。似梦似幻中，一度得生终死灭……"[1]这首歌时，先主在世时的各种往事就萦绕于心，为世事沧桑，人生无常而潸然泪下，在座的勇猛铁汉也都泪湿战袍。

接着，文荷斋殿、一露斋殿接连歌唱，若太夫殿也跳了舞，还有其他平时在演艺上深藏不露的武士也在美酒的助兴下表演他们人生最后一次舞蹈，演唱最后一次歌曲，游兴未尽，筵宴深宵，不知何时酒阑人散。其中一人唱起"梨花一枝春带雨，春带雨……"大厅里所有的人都情不自禁地寂静下来，认真倾听。引吭高唱的是名叫朝露轩的法师武士。他精通琵琶、三味线等，我早就想向他请教，一直知道他的曲

---

[1] 幸若舞主要是流行于室町时代的舞曲，战争题材为主，深受武士欢迎。《敦盛》是传统戏剧"能"的剧目，幸若舞是其中的著名场面。以平敦盛的悲剧故事为题材。这里的"人间"不是指人生五十年（虽然当时人们认为人生只有五十年），而是与"下天"相比。下天是天上诸界的最下一层，人间的五十年只等于下天的一昼夜。所以，二者相比，人间的五十年如同梦幻一般。一旦得到的生命没有不毁灭的。

调掌握得非常精准细腻,现在专心听他演唱歌颂杨贵妃的诗词,"梨花一枝春带雨,太液芙蓉未央柳,对此如何不泪垂,六宫粉黛无颜色,无颜色……"朝露轩的本意是歌唱杨贵妃,但在我听来,感觉是在赞美夫人的美貌。啊,夫人如此花容月貌的芳姿今晚即将凋谢,在这最后的时刻依然产生无限的依恋。这时,听见朝露轩殿说道:"噢,坐在那边的盲人乐师不是弹得一手好三味线吗?请夫人允许他唱一首吧。"主公说道:"弥市,不要推辞哦。"我有什么可推辞的呢?这也正是自己的期望,便立即拿起三味线,唱了一首常唱的《因君泪涟涟》。朝露轩殿说:"他平时唱得非常好。现在我来拉一曲。"然后拿过三味线,唱了起来:

　　滋贺海面无大浪,

　　酒窝恰如中秋月。

我认真细听,感觉这歌词非常有意思,发现好几处有较长的过门。朝露轩殿每次拉到过门的地方时,他的拉弦音色格外柔和圆润。我忽然发现,他在拉三味线的时候,有的地方使用重复拉两遍的奇怪的手法。对，我们盲人乐师都知道这种手法。所有的三味线上，每一根弦上都有十六个指板，三根弦就有四十八个指板。初学者练习时，用"伊吕波"四十八个日语字母代表这四十八个指板音位，直至完全熟记为止。学习三味线的人都知道这个道理。但是，因为盲人看不见文字，只能死记硬背这些标记音位，说"伊"就拉"伊"音位，说"吕"就拉"吕"音位，脑子里就浮现出指板位置。所以，盲人乐师在正常人面前讲悄悄话的时候，就用三味线的乐声互相交谈。但是，我听到刚才朝露轩殿拉出的不可思议的过门时，似乎乐声发出这样的声音：

有赞赏啊，

你有什么办法把夫人救出去吗？

我听出来的声音是这样的意思。这难道是我心中的迷惑吗？难道现在还有人说这种话吗？难道是我听错了吗？莫不是乐声偶然巧合成这样的意思呢？我反复回想琢磨，却听见朝露轩殿唱道：

如何是好啊？

路上有关隘，

关口门紧闭，

怎么逃出去？

　　三味线的伴奏方法与刚才的弹奏也截然不同，而且在过门时重复使用拉两遍的手法。啊！难道朝露轩殿是敌人的奸细吗？要不然，难道是最近突然叛变投敌的吗？我的心脏猛然剧烈跳动起来，不管怎么说，这个朝露轩殿是奉秀吉公之命要把夫人交给敌人，他要在人们意想不到的时候利用意想不到的方法将夫人救出去。这说明秀吉公对夫人还不死心，还怀着深厚的爱情啊！"嗯，弥市，现在再请你给大家唱一曲吧。"朝露轩殿说罢，又把三味线放在我的面前。他似乎把希望寄托在我这个盲人乐师身上，究竟是什么缘故呢？我为夫人赴汤蹈火在所不辞的内心难道不知不觉地被这个朝露轩殿看穿了吗？尽管眼睛看不见，但是夫人身边的侍者中，我是唯一的男人，这内室的所有房间，这回廊的边边角角，我比明眼人更了如指掌，牢记心中。一旦到了关键时刻，我会像老鼠钻洞一样，自由灵活。其实，仔细一想，看来朝露轩殿还是把希望寄托在我身上，如果我想延长我这毫无价值的生命，那就必须做这件事；如果救出夫人的计划不能成功，那就随夫人一起化作飞烟。我毅然决然地横下一条心，不顾前后左右的眼睛，一把抓起三味线，颤动的指尖按着琴弦，唱起来：

让君瞧见让君知，

心中思念袖中色。

烟火起处做信号，

请到天守阁下来。

我也运用过门的弹奏方法，用"伊吕波"的指板音位回答他。当然，在位的人们只是如痴如醉地倾听我的歌声和琴声，不可能知道两人之间进行这样的交谈。这时，我忽然计上心来，想出一个拯救夫人的计谋。

我的计谋是：主公夫妇将于今天晚上登上天守阁五层安静自戕，然后点燃早就准备好的干草。那么，可以在他们自戕之前，先伺机点燃干草，然后趁着一片混乱的时候，朝露轩殿的一伙人冲上去把主公和夫人隔离开来。

可是，我不仅是个瞎子，而且天生就是一个胆小鬼，从来没有欺骗过人，但这一次还要充当敌人的间谍去放火，并且策划把夫人偷出来。我甚至感觉到自己心灵的可怕，但我认定这一切都贯穿着真心诚意救人一命的精诚善念，所以归根结底还是自己的忠肝义胆。

宴席欢闹，依依不舍，但初夏夜短，远处寺院钟声轰鸣，庭院里传来杜鹃的啼啭。夫人取来料纸[1]，写下一首和歌：

夏夜此时该安寝，

杜鹃声声催别离。

接着，主公也写下一首：

名如夏夜梦幻短，

杜鹃送我上青云。

---

1 料纸，平安时代只用于抄写佛经的纸。

文荷斋殿把主公夫妇的和歌展示给大家,说"我也附一首",便念道:

有缘相伴净土道,

来世依然侍奉君。

文荷斋殿觉得自己的酬和十分风雅精致。

时间已到最后关头,剖腹的准备即将开始,侍女们和我陪同主公夫妇登上天守阁,但我们只能陪同他们登到第四层,再往上只能由小姐们和文荷斋殿陪同。但是我知道现在是关键时刻,便悄悄爬到通往五层的梯子中间,屏气凝神,倾听上面一点一滴的动静。

先是主公说道:"文荷,把这些都打开。"

主公说的是四周的窗户。当文荷斋殿把窗户打开后,主公说道:"啊,这风真舒服。"

然后端坐在早晨风口的位置上,说道:"我们一家人再喝一杯永别酒吧!"

他请文荷斋殿斟酒,然后与夫人、小姐们再次干杯。

"阿市殿……"主公喝完酒，说了一通出乎我们意外的话，"以前你对我的种种真诚体贴，我深感高兴。倘若知道局势如此，就不应该去年秋天和你结缘，但现在说这些已经毫无意义。说老实话，我一直坚定地认为，无论在什么时候，我们夫妇都必须始终在一起。然而，经过我认真考虑，你是总见院大人的亲妹，同时在这里的小姐们又是已故浅井备前守的遗孤，所以我认为，应该让她们活下去。为武士者，赴死之时，岂可拖累妇女、儿童？倘若我现在杀死你们，也许世人都责难我胜家是出于一时意气，而忘记了人情义理。好了，你们明白了这番道理，就立即出城去吧！也许出于你们意料之外，但这是我深思熟虑的结果。"

胜家公的这一番话无疑撕心裂肺，肝肠寸断，但是他的声音响亮刚毅，清脆流畅，不愧是气概豪迈的大将。我听了他的话，啊，我是多么惭愧啊！人们常说，有同情心的武士才是真正的武士，然而我不了解主公有如此胸怀，竟然内心埋怨过他，这不恰恰暴露出自己卑劣龌龊的本性吗？我流下悔恨交加的泪水，禁不住朝着声音的方向合掌礼拜。

"在今天这个时刻，您怎么还说这样狠心的话？"夫人话一出口,就已经泣不成声,"总见院殿生前就对我说过,你一旦出嫁,就不再是织田家的人。何况我如今没有一个可以依靠的兄弟,要是被您抛弃,我有地方可去吗?该死而不去死,这比死还可耻,这句话我铭记在心。我去年嫁给您的时候,就已经下定决心,今后无论发生什么事,都不能与您分离。尽管我们的缘分十分短暂,但作为夫妇同生共死,百年伴侣是一生,半年伴侣也是一生。所以,您让我出城,这教我痛心!无论如何不能这样!"

夫人一边说一边以袖掩面,说话断断续续。

然而,主公反而斥责道:"可是,难道你不同情那三个孩子吗?如果她们死去的话,浅井家的血统不就从此断绝了吗?这怎么对得起已故的备前守呢?"

"您还如此惦念浅井吗?"夫人更加泪如泉涌,"我一定要陪着您一起去,但承蒙您的好意,就救这些孩子一命吧。好让她们以后祭奠父亲,也祭奠我的亡魂。"

这时,茶茶小姐说道:"不,不,母亲,也让我陪着您去吧。"

阿初小姐和小督小姐从左右两边偎在夫人身上,也说"也带着我去"，并抬头看着母亲，大家一起哭起来。回想起来，以前在小谷城的时候，孩子们还小，对什么事情都不理解，但现在连最小的孩子小督小姐都超过十岁了，劝也不是哄也不是，连平时性格坚强的夫人面对孩子们委屈的泪水，自己也憋不住涕泗流涟。这十年里，我一次也没有见过夫人如此心碎哀痛的情景。

然而，时间一点点地过去。我不知道最后如何解决，感觉是文荷斋殿膝行上前，一边呵斥道："小姐们，还恋恋不舍吗？"一边把自己的身子插在夫人和孩子们之间，说："好了，现在就等着母亲下决心了。"然后使劲把孩子们从夫人身边拉开。

我听到上面的这个情况，虽然主公没有说话，我觉得他现在也不会再说什么，便从堆积在梯子下面的干草垛里抽出一束，用油灯点燃。那些身穿丧服的侍女都集中在四层的房间里齐声念经，没有人发现我的举动。于是我点燃这一处后，又把着火的干草束扔进附近的隔扇、拉门里。浓烟呛得我难受，我还是大声呼喊："失火啦！失火啦！"由于草非常干，而且五层的窗户全部打开，火势从下面顺着干草呼呼往上蹿，发出噼噼啪啪的爆裂声，十分可怕。侍女们不知逃往何处，一片惊叫哀嚎，哭天喊地，和烈焰的气息一起扑来。在浓烟烈火中有人叫喊："啊，主公危险！""注意！有奸细！"接着不少人从下面跑上来。

接着，朝露轩殿一伙人与阻挡他们的另一伙人在火海里发生冲突，谁都想沿着狭隘的梯子爬上五层，在这场混乱中，我一会儿被挤到这边，一会儿被推到那边，灼热的风裹着火舌猛扑过来，我逐渐感觉呼吸困难，心想反正是死，也要和夫人死在一起，死在同一把火里。我如同堕入焦热地狱的痛苦底层，就在我一手抓住梯子的时候，不知道什么人叫一声："弥市，把她带到下面去！"紧接着，对方把一个小姐放在我的肩膀上。我不由自主地问道："小姐、小姐，您母亲大人没事吧？"这时我立即明白自己背上背的是茶茶小姐。虽然我接连呼喊"小姐、小姐……"但茶茶小姐好像被浓烟熏得昏厥过去，没有回答。

可是，刚才那个武士，为什么自己不把小姐抱下去，而是把她交给我这个盲人呢？大概那个武士对主公赤胆忠心，追随而去，一心认定这就是自己的殉难之地。如果是这样的话，自己却在不知道夫人生死的情况下就逃离出来，这样做合适吗？虽然这么想，但是，如果自己没有把这个孩子救出来，大概夫人会抱怨我的吧。夫人会在阴间责备我："弥市，你把我的宝贝女儿扔到哪里去了？"那我怎么辩解呢？我甚至还觉得，我能背着小姐本身就是一种深厚的缘分。而且，茶茶小姐紧紧地贴在我的背上，我双手绕在背后，紧紧搂抱着她的臀部，那个瞬间，我竟觉得那柔润绵软的肌肤与年轻时候的夫人是多么相似啊！这简直就是一种不可思议的熟悉的感觉。我背着小姐在烈火中逃窜，稍一疏忽，就可能葬身火海，却居然产生了这样的想法。人在奇妙的时候会产生奇妙的想法，说出来令人感觉可耻害羞，对了，自己第一次进入城堡侍奉夫人按摩的时候，她的手脚就像背上的小姐一样紧实柔韧，然而，我忽然感觉，不论多么美貌的夫人也不知不觉上了年纪，过去在小谷城的时光，各种各样的回忆在脑海中不断浮现。不仅如此，当我感受到背上茶茶小姐轻柔的体重时，仿佛自己也年轻了十岁。说起来真是卑劣下流，我想如果能侍奉这位小姐的话，那不就是我和夫人待在一起的感觉吗？我不由自主地涌现出对世间留恋不舍的情感。我刚才的讲述磨磨蹭蹭，好像过了好长时间，其实我的想法只是在非常短暂的时间里产生的,就在我下定决心的时候,我已经钻进呛人的浓烟,不顾一切地大声叫喊:"我背着小姐,大家让开一条路!"我又是个盲人,毫不客气地硬是踩着别人,不顾一切地沿着梯子跑下去。

但是,从火场逃生的并非只有我一人,许多人冒着四溅的火花接连不断地奔跑,我也随着他们,被后面的人推搡着一直往前跑,刚跑过护城河桥,只听见身后传来哗啦啦巨大可怕的声响,无疑,这是五层天守阁倒塌的声音。我不由自主地喊道:"天守阁垮了!"在我身边奔跑的一个人说:"是啊,火柱冲天!一定是点燃了火药。"我问道:"夫人和其他小姐怎么样了?"那个人说道:"小姐们都平安无事,但夫人可惜了。"我和他并排跑着,向他了解情况。据他说:朝露轩殿第一个冲上五层,文荷斋殿立即识破他的阴谋,大喝一声:"叛贼!你来干什么?"手起刀落,将朝露轩殿砍死,一脚将他从梯子顶端踢下去。朝露轩殿一伙见头头已死,气焰顿挫,而且这时主公方面的武士也都赶来,所以夫人没有被抢走,而且朝露轩殿一伙中不少人反而是被砍后烧的。这时,三位小姐还紧紧搂着夫人,文荷斋殿一直在催促:"快!快!把这些小姐救出去,送到敌人阵营里去的武士才真正是忠心义胆的人。"他抱着小姐随手交到周围的人手里，而恰好把小姐接到手里的人就急匆匆往下跑。和我一起逃跑的那个人说："主公和夫人大概已经在火海中自戕了吧。但是我没有亲眼看到。"我说："那其他两位小姐现在在哪里？""我们的人背着她们已经先跑过去了。你背上的茶茶小姐最固执，到最后还是抓着夫人的袖子，一直不松手，只好硬把她抱起来，随手交给一个人。可是，那个人又把小姐交给你，他自己跳进火里自尽。真是一个了不起的汉子。但好像他不是我们的人。"

但是，所谓"不是我们的人"是怎么回事呢？原来是大坂方面的秀吉军队为了顺利接回夫人，事先悄悄派遣部队潜入天守阁附近，只等着朝露轩殿的信号。现在路上逃命的这么多人，如果不是叛军的话，那就是大坂方面的秀吉军队。"不过啊，筑前守殿是常胜将军，但一心想得到夫人却未能如愿，真是一场空欢喜。朝露轩殿惨败，所以他也不会有好结果。反正也没有活下来。"这个人又说道，"不过，你把这位小姐带出来，多少有了面子，所以我打算跟着你走。"说罢，他想伸手牵我的手，此时我已经相当疲惫，气喘吁吁地拼命奔跑。就在这个节骨眼上，敌军的足轻大将¹抬着轿子过来迎接，我暂时把小姐放进轿里。

足轻大将问道："盲人法师，是你把她带出来的吗？"

"是的。"

我正想把来龙去脉告诉他，他却说道："好了，好了。你也上来吧。"

于是，轿子从许许多多的营地中间穿过，一直到大本营。

茶茶小姐看来精神好多了，接受治疗，稍事休息后，就立刻被带去和秀吉公见面，其他两位小姐也同时在场。我心里松了一口气，连我也一起被召唤进去，毕恭毕敬地跪坐在大厅外面的地板上。

秀吉公突然问我："喂，盲人乐师，还记得我的声音吗？"

我恭恭敬敬地回答："是的，承蒙垂询，还记得。"

"是嘛，好久以前的事了。"他继续说道，"这个人是盲人，但是他今天做的事值得嘉奖。我要当场赏赐给你，你有什么要求，说吧。"

---

1 足轻大将，战国时代，统率"足轻队"（步卒队、步兵队）的军官。

看起来一切都很顺利，我感觉是在做梦，便壮着胆子说道："不胜惶恐之至，多年来，我蒙受夫人所给予的大恩大德，然而今天生离死别，我逃亡求生，实乃有罪之人。想到今天与夫人的死别，我心如刀绞。倘若说到心愿，唯有一件，如蒙主公可怜，希望仍然继续侍奉小姐们，则感激不尽，三生有幸。"

"这个要求很合理嘛。就依了你吧。"秀吉公当即同意。"小谷殿做了令人遗憾的事情，但今后我就代替她来照顾这几位小姐。不过，你们也都长大了，记得过去我抱着坐在膝盖上调皮捣蛋的就是茶茶小姐吧。"秀吉公说着，高兴地笑起来。

就这样，我幸免流浪街头，得以继续在小姐们身边侍候，但实际上，我的一生在这一天，即天正十一年四月二十四日夫人离世之日就已经结束。后来，我再也没有在小谷和清洲生活时那样快乐的日子了。因为小姐们大概也听说了那天是我纵火烧天守阁、与叛贼同流合污的事情，所以逐渐对我憎恨起来，慢慢疏远我，尤其是茶茶小姐，有时候故意大声说话，实际上是让我听见。"就是这个瞎子，我本来就不想活着，却把我救出来，还把我交到父母的仇敌手里。"所以，我伺候她们，心里非常难受，如坐针毡。既然如此，当初为什么不一死了之呢？到如今落得个恩将仇报、无依无靠的下场。当然，这原本就是自己的恶有恶报，怨不得别人。既然上一次没有死成，现在再追寻夫人而去，恐怕也没有脸面见到夫人。我只好在人们的鄙视轻蔑中苟延残喘，久而久之，按摩也好，弹琴也好，逐渐交给别人去做，自己成了一个无用之人。

这时，小姐们都住到了安土城，只因为秀吉公的吩咐，她们才极不情愿地把我召去。我知道这个情况后，明白这样厚颜无耻地依靠小姐们的慈悲，只能让自己心灵痛苦，我也实在不堪忍受下去了。于是，一天，我偷偷地逃到城外，连一声招呼都没打，开始在城里漫无目的地流浪。

对了，那一年我三十二岁。其实，如果我去京城拜见太阁殿下，把事情的前因后果告诉他，应该会得到他的照顾，过上一辈子不愁吃喝的日子，但是，我还是决定埋没于世间尘寰，甘愿接受罪愆的惩罚。所以，我一直辗转于各地驿场之间为旅客们按摩，或者用我笨拙的琴艺慰藉他们旅途的孤寂。这三十多年里，我看尽人间沧桑，深深感觉命中注定自己还要活在世上。

说到茶茶小姐，当年她对太阁殿下是那样刻骨仇恨，还说我把她交到父母的仇敌手里，可是不久她就投身到这个"仇敌"怀里，住进了淀城。我在北庄城陷落那一天就觉得总有一天会这样的。当时，秀吉公对抢走夫人的计划失败深感恼火，可是，在我被召唤进入大厅的时候，他似乎已经转怒为喜，甚至还对我说了那一番感谢的话，我想，这是因为他看见茶茶小姐的模样后，心情才忽然发生改变的吧。就是说，他的想法与我隐隐约约中感觉到的想法竟然不谋而合，英雄豪杰的内心其实和凡夫俗子没什么两样。然而，我只是一次过错就使自己沦落到不能终生陪伴夫人左右的境地，而太阁殿下杀了茶茶小姐的父亲，杀了她的母亲，还杀了她的兄长枭首示众，最后却把她占为己有。将对母亲的爱恋移情到女儿身上，这从小谷城时代就开始的夙愿终于如愿以偿。不知道秀吉公有什么样的前世姻缘，爱恋上的都是信长公的血缘家人。并且还听说他恋上蒲生飞驒守殿的夫人。这位夫人是总见院大人的女儿，是小谷夫人的侄女，据说二人模样相似，大概出于这个原因，秀吉公才喜欢上她。我听别人说，前些年飞驒守殿去世的时候，太阁殿下派人向遗孀转告其意。但飞驒守殿夫人置之不理，唉声叹气，表示要削发为尼。据说蒲生飞驒守殿举家迁回宇都宫老家，也是因为这件事，双方的关系因此闹得很僵。

总之，茶茶小姐随着年龄的增长，逐渐明白事理。太阁殿下威震天下，她审时度势，既是时代使然，也是为自身打算。当我听说淀夫人就是浅井殿的大女儿茶茶小姐时，着实为她感到高兴。她的母亲为她受尽千辛万苦，也许是前代之恩，现在命运的春天终于轮到女儿的身上。我衷心希望茶茶小姐不要像她母亲那样遭受灾难祸患，即使我不能为她侍奉，聊度余生，也由衷地祝愿她安康幸福。后来又听说她诞下一位少爷，心想这样她就幸运万载，终生荣耀，我也终于放下心来。

然而，正如各位所知，庆长三年秋天，太阁殿下去世。不久，爆发关原之战。世道又开始兴衰变迁，淀夫人开始时运不济，处境逐渐悲凉凄惨，这究竟是怎么回事呢？难道是因为她嫁给了父母的仇敌，又违背母亲的意愿，从而受到不孝的惩罚吗？如今回想起来，母女两代人都自戕于城内，这是多么不可思议啊！

啊！我一直侍奉在夫人身边，直至大坂之战，尽管我做不了什么事，但如同在小谷城里尽力安慰夫人那样，如果后来也有机会陪同淀夫人让她舒心，而且这次能陪同她共赴黄泉，那我也就可以向夫人请求宽恕了。那时我每天深深抱怨自己身世之不幸，只能听着枪炮声，万分焦急。

另外，那个片桐市正殿向正在攻城的关东军投诚，对着秀吉公和淀夫人的城堡开炮，这究竟是一种什么行为？这个人在过去的志津岳战役中被誉为"七杆枪"[1]之一，从此接连提拔升官，蒙受秀吉公给予的大恩大德。然而，据世间传说，太阁殿下临终之时，把他叫到枕边，非常恳切地留下遗言："我把秀赖托付给你了。"即使像我们这样的平凡之人，受人如此隆重之托，也必须尽义尽心。但是，这个人对权现大人[2]——我只好低声说——卑躬屈膝，已经把丰臣秀吉家的大恩大德忘得一干二净。他表面上装作忠贞义胆的样子，实际上里通关东军。好了，不管别人怎么说，我就是这么认为的。有人给他寻找理由，说片桐市正殿用心良苦。然而，他接受敌人交给他的炮轰

1　1583年发生贱岳战役。当时，片桐市正与加藤嘉明、福岛正则、加藤清正、胁坂安治、糟屋武则、平野长泰英勇作战，被誉为"七杆枪"。
2　权现，朝廷赐封给德川家康"东照大权现"的称号。

城堡的任务，竟然丧尽天良地对着主公的儿子以及夫人所在的城堡开火，这难道是忠臣吗？即使像我这样已经抛弃尘世的盲人也明白这浅显的道理。当时，我对市正殿恨得咬牙切齿，要是有眼睛的话，一定会偷偷潜入军营把这个家伙一刀砍死，以泄心头之恨。

说到愤怒，关原之战中在大津叛变投诚的京极宰相的行径也是令人发指。当初他在家族内和阿初小姐举行了订婚礼，可是在秀吉的大坂军队进攻北庄之前，他就逃到若狭去投靠武田家。可是，当武田殿被歼灭以后，他在这一带无家可归，四处漂泊，到处流浪，后来经过认错道歉，又回归武士行列。这是经过谁的帮忙呢？原来武田殿的夫人名叫松之丸，大概也是这位夫人从中说情，但最主要还是因为他的亲事是与淀夫人的妹妹吧。他第一次依靠小谷夫人的帮助，第二次依靠小谷夫人女儿的可怜，才两次绝处逢生。然而，他忘记了当年翻山涉雪前来投奔小谷夫人时给予他的大恩，却在紧要关头反叛秀吉，扰乱大坂军队的阵脚。

好了，今天说起这些事已经没有意义，细说起来，其中的悲苦凄惨不可胜言。京极宰相殿也好，市正殿也好，都已经不在人世，甚至连权现大人也已辞世，沧桑陵谷，世事已非，一切都如过眼烟云。回想起来，那些杰出的英雄豪杰都归天西去，唯有我还不知道会苟活到什么时候。我已经活过了元龟、天正这样时间较长的朝代，对余生还有什么要求呢？如果可以的话，我还想给大家讲述这些故事。

哦，你说什么？您是问我夫人的声音至今还留在我的耳朵里吗？这自然不言而喻。夫人说话的声调、弹琴歌唱的节奏，喉清韵雅，珠圆玉润，如黄莺出谷，如鸠声如缕，二者糅合，遏云绕梁。茶茶小姐的声音与夫人非常相似，一旁的人经常听错。所以我知道，太閤殿下是多么宠爱淀夫人啊！

太閤殿下的丰功伟绩，谁都知道，但是他内心深处的想法，不揣冒昧地说，只有我最早察觉出来。啊，想到我知道那么多贵人的内心想法，想到我曾经背过当今右大臣秀赖公的母亲淀夫人，我就对这个人世充满深厚的留恋啊！

不，各位，我对人生非常满意。大家能在这里，听我这么个老朽的人唠唠叨叨地讲述往事，十分感激。我家里还有老婆，我对老婆、孩子都没有说得这么详细。好的，好的，你们把我这个可怜的盲人说的故事记录下来，作为以后给后代讲述的资料。啊，今天就说到这里吧。趁着夜色未深，我还要去按摩呢。

附记

一、上述《盲目物语》一卷虽为后人所作，并非无根无据。三位中将忠吉卿[1]时代，清洲朝日村之柿屋喜左卫门著有《祖父物语》(又名《朝日物语》)，[2]云："太阁与柴田修理拮抗，互比威势。另，信长公之妹阿市夫人乃淀夫人之母、近江国浅井之妻，闻其为天下第一之美女。太阁欲得之。柴田至歧阜，与三七殿合力，迎娶阿市夫人为妻。太阁闻讯，欲在柴田回越前途中在江州长滨出兵阻之。"又云："柴田在北庄被围，太阁遣一僧为使，云乃昔日朋辈，愿救一命。然众人皆云，其意在于夺走阿市夫人。"

1　松平忠吉（1580—1607），安土桃山时代至江户时代的大名。父亲是德川家康。
2　柿屋喜左卫门住在尾张清洲之朝日村，1607年，他将从祖父那里听来的关于织田信长、丰臣秀吉等武将的故事撰写成《祖父物语》。后收于《续群书类从》。

二、《佐久间军记》[1]（《佐久间常关物语》）之"胜家婚事"一条云："浅井长政之遗孀嫁于胜家，偕其女三人同返越前。秀吉遣使见胜家曰，拟于途中使秀胜（信长四男、秀吉养子）馔膳祝贺。胜家欣然允诺。然胜家众家人自北庄前来清洲迎接。胜家于夜半出清洲，告秀胜曰：因越前有急事，故夜半经过，不能应邀赴宴云云。"

三、《志津岳战事小须贺九兵卫记述》云，清洲会议在安土召开，当时，"因歧见，柴田与太阁互怒对。其时，丹羽长秀与太阁同眠一处，长秀悄然以足触太阁。太阁会意，是夜返回大坂云云。"《佐久间军记》云"秀吉其夜屡起小便"，然《甫庵太阁记》[2]等中未见此记载，存疑。

四、蒲生氏乡遗孀之墓在今京都百万遍智恩寺内，宽永十八年五月九日于京都病殁，享年八十一岁。法名相应院殿月桂凉心英誉清熏大禅定尼。秀吉知其容颜秀丽，于氏乡死

1 《佐久间军记》，佐久间常关记录的从战国时代至江户时代的佐久间家族的功绩的书籍。
2 小濑甫庵，江户时代初期儒学家。著有《太阁记》，记叙丰臣秀吉的事迹。

后欲迎娶为妾。遗孀不从，为此蒲生家的会津百万石领地降到宇都官十八万石。详见近江日野町志《氏乡记》。

五、一般认为，三味线于永禄年间自琉球传入。据高野辰之博士之《日本歌谣史》记载，宽永年间开始为小呗伴奏。但《室町殿日记》记述，天文年间，就有艺妓弹奏。上述《日本歌谣史》也认为，风流之士很早就用于流行歌的伴奏。此物语中的盲人也是一个风流之士。余之三弦师傅菊原检校为大阪人，深谙现今几乎失传的古三弦组歌，其中有载于《闲吟集》之"木幡山路日已暮，枕草卧看伏见月"的歌谣。还有长崎圣母玛利亚等其他很有意思的歌词，余皆听过。歌词虽短，但多次反复，而且三味线的过门通过比词还要长数倍的曲子令人感觉如同听琵琶一样。

六、用"伊吕波"作为指板音位的标记始于何时，不得而知。余之精通此道的友人九里道柳子如是云：如今净琉璃之三味线依然沿用此法。

于昭和辛未年夏日
记于高野山千手院谷

刈芦

思君不在苦别离，

难波之浦更难居。[1]

那一年九月，我还住在冈本。那一天，天气晴好，便想出

1　次歌最早见于歌谣，后记载于《大和物语》等。叙述住在大坂难波的一对夫妇因贫穷而分离，妻子去京都在富人家侍奉，富人丧偶后续弦。妻子依然挂念前夫，找借口回大坂看看已经没有联系的前夫。在以前的家门前看见一个卖芦苇的穷人，原来是前夫。妻子怜悯，特地高价购买其芦苇，并给他食物。前夫也认出对方是前妻，但躲在炉灶下面，感觉羞耻。前妻让随从前来寻找，前夫写了一首和歌表达心情。意思是说："本以为分开日子会好过些，可是家里没有你更痛苦，在这难波海边割芦苇生活，现在更住不下去了。"（和歌中的"あしかり·别离"与"葦刈·あしかり"谐音）前妻答歌道："日子好过才别离，岂言难波难居住？"

去散散步，傍晚时分——其实也就刚过三点，去远处担心时间太晚，但近处又大体都去过，要是有来回两三个小时的去处那是再好不过的了。心想这一带有没有我和别人都曾想过却又忘记的地方，想来想去，记得自己曾想去水无濑宫看看，但后来没有机会，也就放在一边。这个水无濑宫，在《增镜》[1]的《树丛里》[2]中有这样的记述：

经过修缮的鸟羽殿、白河殿等，时常前往居住。更在水无濑之地兴建难以言喻美轮美奂之庭院，频繁前去。春花秋叶，美不胜收，呼朋唤侣，管弦丝竹。更能从此地远眺川水，极富情致。元久年间，曾举办汉诗、和歌之诗会，甚为有趣。

水无濑川迷远山，

---

[1]《增镜》，日本的一部编年体史书，三卷，作者不详。记录从寿永二年（1183）后鸟羽天皇即位到元弘三年（1333）后醍醐天皇回到京都为止，151年的历史，是日本四部历史物语（即《大镜》《今镜》《水镜》《增镜》的"四镜"）之一。
[2]《树丛里》，典出后鸟羽天皇的和歌"踏入深山树丛里，告人世上本有路"。

谁言夕景数金秋？[1]

茅草葺顶的回廊等光泽鲜亮，风流韵致。瀑布从御前山落下，岩石的造型，青苔浓绿的山木与院中松树的枝丫交叉，处处都如千年岁月的仙洞。尚在营造树篱的时候，就请众多好友前来游玩赏乐。当时藤原定家[2]还是官位不高的中纳言，吟咏和歌曰：

我主喜见新松绿，

千年矗立山峰上。

君之代如庭前水，

翻越岩石万代长。

后来，后鸟羽上皇动辄就去水无濑宫，管弦琴声，春花秋叶，四季风情，万种玩法，尽心尽兴。

于是知道，这本书所记述的乃是后鸟羽院的离宫遗址。我

1　此歌为后鸟羽天皇所作，题为《水乡春望》。
2　藤原定家（1162—1241），镰仓时代的歌人。又称中纳言、京极殿等。一生致力和歌创作，新古今调的代表性歌人，对后世和歌产生很大影响。

从第一次阅读《增镜》开始，水无濑宫就一直铭刻在我的脑海里。我喜欢后鸟羽院的这首"水无濑川迷远山，谁言夕景数金秋"和歌。后鸟羽院的其他诸如在明石吟咏的"划进浓雾钓鱼船"，[1] 在隐岐吟咏的"我是新来守岛人"[2] 的和歌也读过不少，很多都令我感动，留在记忆里，但唯有这首和歌，让我眼前浮现出水无濑川一览无余的景色，心头涌上眷恋的温暖感觉。

我对关西的地理还不熟悉的时候，一直感觉是在京都的郊外，也没有想去确定具体的地点，只是到最近，我才知道离宫的遗迹位于山城与摄津国边界附近、距山崎驿十多丁远的淀川边上，那里至今还保留着后来建造的祭祀后鸟羽院的神社。这么说，从时间上看现在出门到水无濑宫去散步最合适。坐火车到山崎，倒是十分方便，如果坐阪急线转到新京阪，更是轻而易举。而且那一天又正是阴历十五，回来的时候可以在淀川岸边赏月，也颇为有趣。想到这里，觉得这次出门不宜带女人、孩子，于是谁也没有告诉，独自出去。

1　和歌是："明石早晨风浪静，划进浓雾钓鱼船。"
2　和歌是："我是新来守岛人，隐岐巨浪要小心。"

山崎在山城国乙训郡，水无濑宫遗址在摄津国三岛郡。这样的话，从大阪走，在新京阪的大山崎下车，往回走，穿越国境，就到达离宫遗址。山崎这个地方，记得有一次因为什么事在省线的这个车站附近溜达过，但是从西国街道往西走还是头一次。稍微往前走，路分两道，右边这条路的转角处立着一块老旧的石头路标。这条路从芥川经池田通往伊丹方向。《信长记》[1]是战争时代的记录，荒木村重、池田胜入斋等一批战国武将大显身手的地方就是伊丹、芥川、山崎这条线，所以这条路在古代应该是主道。这条路沿着淀川舟行十分方便，但多有芦苇荻草茂密的河岔和沼泽地，可能不适于陆地行动。这么说，听说刚才乘坐电车的沿线还有过去江口渡口的遗址。如今这个渡口已经被裹在大阪市的里面，而山崎也在去年京都市扩建后，成为大城市的一部分。然而，京都和大阪之间由于风土气候的关系，似乎不能像阪神间那样一下子发展成田园城市或者

---

1 《信长记》，即《信长公记》。由织田信长旧将太田牛一（和泉守）著，是一部半传记式的回忆录。主要描写战国时代织田信长与其父织田信秀的生平事迹。十六卷。此书对事件的描述详实完备，被认为具有很高的可信度。

文化住宅区,所以暂时还不会失去居有深草的雅趣。《忠臣藏》[1]中说这一带出现野猪、劫匪,那以前更加可怕。至今道路两边的茅草葺顶的民房在我这个看惯阪急铁道沿线的西式城镇、村落的人看来,尤其显得有传统时代的特色。《大镜》[2]中说"蒙冤获罪,痛心疾首,遂在山崎出家",指的是北野天神[3]在流放途中在山崎皈依佛门,吟咏一首和歌"几度回首望我家,屋上树梢不见影"。[4]从中可以想象这一带是历史多么久远的驿路。也许平安时代建都的时候,这儿就建有驿舍。我怀着这样的心情,从弥漫着旧幕府时代空气的屋檐下探看一间一间的房屋。

离宫的后面有一条河,大概是水无濑川吧,过了桥,略行

---

1 《忠臣藏》最早于1748年在大阪竹本座演出人形净琉璃形式《假名手本忠臣藏》,是根据江户时代发生的元禄赤穗事件改编的戏剧。
2 《大镜》,纪传体史书,采用问答式记述文德天皇至后一条天皇年间史实,是日本四部历史物语(即《大镜》《今镜》《水镜》《增镜》的"四镜")的第一部。
3 北野天神,指菅原道真。平安时代的学者、诗人、政治家。醍醐天皇时晋升为右大臣,但后被贬到九州太宰府担任权帅,抑郁以终。被日本人尊为学问之神。
4 这是菅原道真被左迁到筑紫(福冈县)时想念留在京都的妻子的和歌。

一段路,有一街道,左拐,有一神社。这座神社名叫官币中社,祭祀在承久之乱[1]中惨遭不幸的后鸟羽、土御门、顺德这三帝。神社的建筑风格以及内部的景致风物,在这个有着很多神社、佛阁的地方,并不是什么出色的标志性神社。只是因为我的脑子里已经有了《增镜》的故事,一想到这里曾经是镰仓初期的达官贵族四时游乐欢宴的地方,便不由得对一木一石都深怀感情。

我在路旁坐下来,抽了一支烟,在并不宽敞的遗址里漫无目的地溜达起来。这个地方离街道只是稍稍缩进来一点,是一块袋子状的地形,前面稀稀落落地点缀着竹篱围绕、秋花盛开的民居,显得清静闲适,不惹人注意。不过,后鸟羽院的官殿不至于面积这么小吧,应该一直延伸到刚才过来的水无濑川河边吧。于是,从水边的高楼上,或者在庭院里漫步的时候,眺望河流上方,才会产生"水无濑川迷远山"的感慨。我想起一

---

[1] 承久之乱,镰仓时代,承久三年,后鸟羽上皇举兵讨幕,但失败,反遭镇压。这次事变确立了幕府的优势,朝廷权力受到制限,幕府甚至拥有决定皇位继承等的影响力。

段话:"夏日,(后鸟羽院)来到水无濑宫的钓殿[1],将冰水、冷水泡饭等赐予年轻的公卿、殿上人等,他在喝酒的时候,说道:'昔日的紫式部可谓极尽情趣,《源氏物语》云,"附近河流里的香鱼,西川那边送来的杜父鱼,吩咐他们烹调去吧"[2],写得非常好。你们现在还能做那样的菜吗?'这时,在栏杆下面伺候的一个姓秦的随身[3]回答:'是。'便将竹叶铺在水边,然后将水洗过的白米放在竹叶上,奉上。说道:'拾而融化。'[4]后鸟羽院道:'此言有理。'遂脱衣赐之。又与诸人交杯换盏。"[5]于是我想象当年钓殿的池水一定是与河流相通的。而且,我觉得,这儿的南面,距离这座神社不过数丁的地方,大概流淌着淀川。现在我在这里看不见那条河,但对岸的男山八幡隆起的山峰似乎没有插入大河之间的感觉,而是直落眉上一般。

1 钓殿,宫殿式建筑,水流东西两边的临水建筑物。
2 见《源氏物语》的《常夏》卷。这里的"附近河流"指的是贺茂川,"西川"指的是桂川。
3 随身,平安时代以后,贵族外出时担任警卫的近卫府官员。
4 典出《源氏物语》卷二《帚木》:"随心所为,如萩上露,折而落地;如竹上雪,拾而融化。"比喻远看似有,近看却无的不可得的事情。
5 典出《增镜》。

我抬头看着石清水八幡宫后面的山以及与之相对的神社北面的天王山的山峰。在街上走的时候没有发现，来到这里，眺望四周，南北的山峰如屏风一样在空中最大限度地夹在一起，原来自己站在南北山峰所形成的锅底般的地形上。的确，王朝的某些时代在山崎设立关隘，对于抵御从西面进犯京都之敌，这儿确是要害之地。看到这样的山河地势，不由自主地感到信服。以东面的京都为中心的山城平原，和以西面的大阪为中心的摄河泉平原，在这里缩小狭窄地交接在一起，而一条大河从中穿过。这样，虽然淀川将京都和大阪连接在一起，但由于气候、风土等原因，以这里为界，两边的情况大不相同。例如大阪人说现在京都正在下雨，但过了山崎，西边却是晴天；冬天乘坐火车，一过山崎，气温骤降。不过，这一带竹子丛生的村落、农户的房屋结构、树木的形态情趣、土地的颜色等，都和嵯峨一带的郊外差不多，感觉这是京都的乡间延续到这里。

我走出神社，沿着街道后面的小路再次返回水无濑川河边，登上河堤。上游的山光水色在这七百年间应该有几许不同吧，但其实眼前的风光还是与我通过后鸟羽院和歌的描写而藏在心中的景象相去无几。我经常想象应该就是这样的景观。这样的山水不是那种悬崖峭壁的巍峨高山，不是那种乱石崩云、惊涛拍岸的天下奇观绝景；而是平缓的山丘、宁静的水流，以及将二者温柔地模糊晕染的暮霭，就是说，这是一幅大和绘那样文雅静谧的景色。当然，对自然风物的感觉因人而异，大概也有人认为这样的地方不值一顾。然而，我更喜欢这种既不雄伟也不奇特的凡山俗水，站在它面前，会感觉到一种引发美妙幻想的心情。这种景色，不会让人惊心动魄，但会以和蔼可亲的微笑迎接客人。如果只是站立一小会儿，也许感觉不到什么，但如果稍微多站一会儿，就会有一种被抱在慈母怀里被温柔情爱融化的感觉。尤其会产生一种被上游的淡淡的暮霭吸进去的冲动，仿佛略带孤独忧愁的黄昏在远处向你招手。正如后鸟羽院所吟咏的那样："谁言夕景数金秋"，若是春天，红霞暧叆，安详沉稳的山峰到山麓都披上红装，要是河流的两岸、峰谷到处都是盛开的樱花，那又该增添多少暖意啊！

可想而知，后鸟羽院所欣赏的肯定就是这样的景色。所以，真正优美的地方，若非情趣高雅的城市人，是无法理解的。同样，在平淡中透着雅致的此处风景，如若没有古代宫里人那样的雅怀，也许也会觉得索然无趣。

我伫立在暮色渐浓的堤坝上，朝着下游望去。心想上皇和公卿、殿上人等一起吃冷水泡饭的钓殿是在什么地方呢？往右边一看，那地方树林郁郁葱葱，一直连到神社的后面，显然，生长着茂密树林的广阔地带整个就是离宫的遗址。不仅如此，从这里能看得见淀川主流，而且一目了然，水无濑川就是在这里汇进淀川的。

我立刻领悟到离宫所占据的形胜之地。上皇的宫殿南朝淀川、东临水无濑川，在两河交汇之处的数万坪地面上建造如此规模宏大的庭园。倘若如此，从伏见乘船直下，就能够直接系缆于钓殿的栏杆上，这样与京城的来往非常方便，就与《增镜》中所说的"动辄只去水无濑宫"相吻合。

我不由得想起小时候就看到隅田川两岸的桥场、今户、小松岛、言问等地临水建有不少幽雅的富豪别墅。打一个不胜惶恐的比喻，当年这里的宫殿经常举办别致的宴会时，上皇会说："昔日的紫式部可谓极尽情趣。你们现在还能做那样的菜吗？"接着对说"拾而融化"的随身予以称赞。我竟觉得后鸟羽院似乎也有几分江户大土豪那样的做派。而且与缺少情趣的隅田川不同，这里男山的青翠山峦朝夕映照在水面上，船舸穿梭，这种大河流的风物让上皇心旷神怡，平添雅趣。后来他企图讨灭幕府，兵败，被流放到隐岐岛，度过十九年岁月，每天面对海岛的狂风骇浪，怀念往昔荣华富贵的生活，其中大概最回味无穷的还是这里的山光水色以及在宫殿里享受种种奢华豪侈的欢乐吧。我沉浸在这样的想象里，天马行空，描绘出的许多空想的情景里，甚至都能听到笙箫歌舞，余韵袅袅，泉水淙淙，贵族公卿，高朋满座，欢声笑语。

不知不觉暮色渐浓，我掏出怀表一看，已经六点。白天行走，热得汗水津津；太阳一落，秋日黄昏的凉风有点寒意袭人。我忽然感觉肚子饿了，打算在等待月亮出来之前找个地方吃顿晚饭，于是从堤上返回街道。

知道这个地方不会有令人满意的餐馆，只是为了打发这一个小时的时间，暖暖身子，看见一家挂着乌冬面的灯笼，便进去喝了两合[1]酒，吃了两碗油炸豆腐的清汤面，手里提着一瓶烫热过的正宗清酒，朝着乌冬面店老板告诉我的前往渡口的方向，

1　合，容积单位，一合约为十分之一升。

走下河滩。店老板听说我要乘船去淀川赏月，告诉我说："这样的话，倒不如从这条街的尽头坐渡船到对岸的桥本。因为河面宽，河流中间有沙洲，这条渡船只到那个沙洲。上了沙洲以后，再换乘别的渡船到对岸，这一带可以欣赏河面的夜色。对岸的桥本町有几家妓院，渡船恰好就停靠在妓院的岸边，一直到夜里十点十一点，都有渡船来往。如果有兴趣的话，可以往返多次，静心欣赏月亮。"店老板十分热情，介绍得很详细，让我心里高兴。于是一路走去，夜风吹在脸颊上，感觉醉意醺然。

走到渡口，似乎比感觉的要远，放眼一看，河中间果然有沙洲。沙洲的下头看得清清楚楚，但沙洲的上面淹没在朦胧的微光里，看不见它的尽头。说不定这沙洲不是大河中的孤立小岛，而是桂川和淀川汇合的起点处。因为木津川、宇治川、加茂川、桂川等各条河流都在这一带汇合，山城、近江、河内、伊贺、丹波等五国的水流也都汇集在这里。先前一本《淀川两岸一览》的画册上记载，从这里往上不远的地方有一个名叫"狐渡"的渡口，据说长达一百一十多间[1]，也许河面比这里更

---

1 间，长度单位，一间约为 1.8 米。

加宽阔。而现在所说的沙洲，不是位于河心，而是更靠近这一边。我坐在河滩的砂石上等待，只见一艘渡船灯光闪烁着从遥远的对岸桥本町驶向沙洲。乘客下船，横穿沙洲，在沙洲的另一头停着一艘开往这边的渡船。我已经好久没有乘坐渡船了，与记忆中小时候的山谷、竹屋、二子、矢口等渡口相比，这条河流中夹着沙洲，感觉更加浑厚悠长。如今在京都与大阪之间还保留着这样老式的交通工具，令我颇感意外，好像得到意外的收获。

前面所说的那本描绘淀川两岸风景的画册上，桥本町部分画的是月出男山，并配有香川景树[1]的和歌"明月朗照男山峰，淀川处处见扁舟"以及其角[2]的俳谐"新月啊，一如昔时照男山"。我搭乘的渡船抵达沙洲的时候，男山正如绘画中的那样，一轮圆月挂在山峰上空，葱郁苍然的树木含带着天鹅绒般的光泽，半空中还残留着些许晚霞的茜红，四周却已经是浓墨的夜色。"请过来上船吧！"沙洲另一头的船夫对我打招呼。我说：

---

1 香川景树（1768—1843），江户时代后期的歌人。创立桂园派。
2 宝井其角（1661—1707），江户时代前期的俳谐师。"蕉门十哲"之一。

"一会儿再坐您的船。我先在这里走一走,吹吹江风。"然后踏进露水浸湿的杂草,独自朝沙洲的尽头走去,在芦苇丛生的水边蹲下来。这个位置犹如泛舟中流,月光下两岸的景物一览无余。月光从左面照射下来,我看着下游方向,感觉河水逐渐笼罩在色泽温润的蓝光里,比刚才在傍晚光线映照下更加辽阔浩瀚。我没有时间回忆杜甫吟咏洞庭湖的诗句、《琵琶行》的文字、《赤壁赋》中的一节,但悦耳动听的汉文带着清朗的节奏脱口而出。说起来,香川景树吟咏"淀川处处见扁舟",过去那个时代,在这样的夜晚,装载量达三十石的货船等各种船只在江上来往穿梭,而如今除了偶尔只有五六个乘客的渡船外,没有看到其他船只的影子。我把正宗清酒的瓶口对着嘴喝,带着几分醉意,大声朗诵"浔阳江头夜送客,枫叶荻花秋瑟瑟"。

我一边朗诵一边想,这芦荻茂密的地方也曾经多次上演和白居易的《琵琶行》中所描述的相似的情景吗?如果江口、神崎是在离这里不远的下游,那一定有不少划着一叶扁舟在芦苇中游来荡去的娼妓吧。平安时代,大江匡衡[1]写有《见游女序》,

---

1 大江匡衡(952—1012),平安时代中后期的汉学家、歌人。

叹息淫风炽盛成为该河昌盛的标志。他说:"河阳介于山、河、摄三州之间,乃天下要津,东西南北之往返者莫不经由此路矣。其俗也,向天下炫鬻女色者,老少相携,邑里相望,门前系舟,河中待客,年少者涂脂抹粉吟唱卖笑以诱荡人心,年老者以撑篙掌伞为己任。嗟夫!翠帐红闺,虽云异于万事之礼法,然舟中浪上,是同为一生之欢会。余每经此路,每见此事,未尝不为之长太息也。"另外,匡衡的数代孙大江匡房[1]也著有《游女记》,叙述两岸热闹妖冶的风俗,其中写道:"江河南北,邑邑处处,支流赴河内国,谓之江口。盖有典药寮味原树[2]、扫部寮大庭庄[3],若到摄津国,有神崎、蟹嶋等地,比门连户、人家不绝,倡女成群,划棹扁舟,靠近他船,以荐枕席。声透溪云,韵飘水风。据云经历者莫不忘家,钓翁商客,舳舻相连,殆不

---

1 大江匡房(1041—1111),平安后期的汉学家、歌人。大江匡衡的曾孙。
2 典药寮,为朝廷采药、制药的部门。味原树应为味原牧,指在摄津市味原至淀川的江口下游的养牛户,称为"牛牧",将牛奶、奶酪等进贡给典药寮。
3 扫部寮,为朝廷置办榻榻米、竹帘等室内用品的部门,属官内省。此地原先是河内国的地域,俗称大庭,扫部寮在这里有其领地,故称大庭庄。

见水，盖乃天下第一乐地也。"

我在记忆模糊的底层搜寻着这些文章零零碎碎的片断，凝视着在溶溶月色映照下静静流淌的孤寂的水面。无论是谁，都有怀古之情。我年近五十，悲秋之情会以一种年轻时候无法想象的、神奇的力量袭上胸间，甚至看见藤蔓在风中摇曳都会感动于心。这种惆怅，挥之不去，何况今晚蹲在这样一个地方，尽管人类活动的痕迹很快就会消失得无影无踪，我的心头越发憧憬那已经逝去的繁华岁月，为其短暂感到悲哀。

《游女记》中记载观音、如意、香炉、孔雀等大牌名妓，此外还有诸如小观音、药师、熊野、鸣渡等人，这些水上女子后来大多去哪里了呢？她们的花名都有点佛教的味道，这也许因为她们相信卖淫是一种菩萨行。然而，把自己比作普贤菩萨的化身，有时候还会受到高僧礼拜的这种女子的形象能否化作稍纵即逝的泡沫浮现在流水上呢？正如西行[1]所说："看看江口、桂本等妓女的家，家在南北岸边，心系旅客一时之怜悯，

1　西行（1118—1190），平安时代末期至镰仓时代初期的武士、僧侣、歌人。

虚度如此短暂生涯，一旦离世，来世又将如何？难道等待自己的还是前世妓女的业障吗？以短如朝露之身承受佛大力惩戒的罪愆。自身之罪尚未可知，而引诱众多之人之罪孽尤其为甚。然而，诸多妓女已经往生，却与杀生之渔人为伍，深感伤心。"她们现在已经转生到弥陀国，也许正对世间永远不变的人类的卑鄙下流发出悯笑吧？

我独自浮想联翩，觉得脑子里已经在构思一两首和歌，心想别忘了，便从怀里掏出记事本，借着月光，用铅笔草草记在本子上。瓶子里还剩下一点酒，依然舍不得，边喝边写，边写边喝，最后喝得一滴不剩，顺手扔到河里。

这时，忽然听见附近的芦苇叶发出沙沙摇动的声音，我便朝那个方向看去，原来那边的芦苇丛里也蹲着一个和我一样的黑影子。我大吃一惊，一时间有点失礼地死死盯着他。对方没有惊惧的样子，"今晚月色真好啊！"他爽朗地向我打招呼，"您很有雅兴啊。其实我一直就待在这里，以为您是来方便的，怕打扰，所以没有出声。不过刚才聆听您吟咏《琵琶行》，引得我自己也想朗诵一段。十分冒昧，请允许我献丑。"对一个陌生人这样老熟人般地说话，在东京的确少见，但最近我对关西人不见外的习惯已经习以为常，也许受到本地风俗的熏陶入乡随俗了。于是客气地回答道："那我就洗耳恭听了。"这么一说，对方一下子站起来，沙沙地分开芦苇叶子，朝我这边走过来，一边坐下一边说道："对不起，来一点怎么样？"

他解下绑在木拐杖上的小包，打开来，从中取出什么东西。只见他左手拿着一个葫芦，右手拿着漆器酒盅，伸到我面前，一边说："刚才看见您把酒瓶扔掉，我这里还有点。"一边摇晃着葫芦："怎么样？您听我献丑朗诵，这杯酒算是对您的补偿吧。醉意陶然，一旦酒劲儿一过，就索然无味了。这里江风很冷，喝一点吧，不在意吧？"他不由分说地把酒盅塞过来，他给我斟酒，发出咕嘟……咕嘟……小小的声音。我说："多谢盛情，那我就不客气了。"随后将杯中酒一饮而尽。我不知道是什么酒，但在刚刚喝过正宗清酒以后，这冷酒带着木材的味道感觉满嘴清香。"好，再来一杯。"说着，让我喝了三杯酒。在我喝第三杯酒的时候，他开始从容不迫地唱起《小督》。可能因为喝多了，听起来有点上气不接下气的感觉，尽管说不上声音悦耳，而且音量也显得底气不足，但一听就知道那声音具有沧桑感，经过圆熟的训练。尤其从他吟唱的音量节奏来看，不急不躁，看来唱了好些年了。然而，更重要的是，他能在素不相识的人面前，这样毫不拘束地轻松吟唱起来，而且本人立刻投入到谣曲的世界里，不为任何杂念所干扰，这种飘逸潇洒的心境自然而然地感染到我身上，我觉得即便技艺不算上乘，但如果能养成这样的心境，学艺也就不算枉费工夫。我说："啊，唱得非常好。您给了我很美的享受。"我说这话时，他还在急促地喘气，润了一下干涸的咽喉，然后又端起酒盅，伸到我面前，说："来，再来一杯。"

他戴着鸭舌帽，帽檐压着额头，在脸上形成阴影，又是在月光下，看不清楚他的模样。估计和我差不多岁数吧，身子瘦小，穿着和服便装，外面套着和服外套。

我听他说话带着京都以西的口音，便问道："不好意思，你是从大阪那边过来的吧？"

"是的。"他说自己在大阪的南边经营一家小古玩店。

"是散步回家顺便过来的吗？"

他从腰间取出装烟丝的筒，一边把烟丝装进烟管里，一边说道："不，不，今夜月色好，所以傍晚就出来赏月。往年都是坐京阪电车过来，今年特地绕了个弯，坐新京阪。有机会坐上这里的渡船,很幸运。"

"听您这么说,好像每年都要找个地方赏月吧?"

"正是。"他给烟管点火,接着继续说道,"我每年都要去巨椋池[1]赏月。今晚是无意间经过这里,能够观赏这里的河中之月,非常愉快。我这么说,是因为我看到您在这里休息,觉得这的确是个好地方。多亏了您,才能观赏到这么美好的月色,大淀川在左右两边静静地流淌,从芦苇间眺望明月,别有一番风味。"他一边把烟灰磕在烟灰袋上,一边给新装上的烟丝点火,"对了,好像您想出什么佳句了,也让我欣赏一下。"

"哪里哪里,惭愧得很,藏拙为好,不宜示人。"我急忙把记事本藏进怀里。

"您太谦虚了。"他似乎没有勉强,不再坚持要求,似乎已经忘在脑后,用悠然缓慢的声调吟咏道,"江月朗照松风吹,永夜清宵何所为。"

这时,我问道:"您既然是大阪这地方人,应该对这一带的地理、历史很熟悉吧?我想向您请教的是,过去,在沙洲一

---

[1] 巨椋池,在京都府南部的湖泊,现已消失。

带,有一群像江口君那样的泛舟妓女吗?对着这清丽的月色,我眼前浮现出的就是她们的幻影。我刚才正想把追寻她们幻影的心情写成和歌,却未能成篇,正索尽枯肠呢。"

他感慨道:"如此说来,人之所思大致相同。我现在也在思考同样的事情。观此明月,描绘已经逝去的岁月的幻影,就会深有此感。"

我打量他的面孔:"据我看来,您也不小了吧。这都是上了年纪的关系。今年比去年、去年比前年,年复一年,对秋天的那种悲怆,那种惆怅,总之,对季节莫名其妙的伤感一下子涌上心头,而且一年比一年强烈。真正体会到'风声忽动惊人心'[1]'原是秋风吹'[2]这些古歌韵味的就是我们这样年纪的人。但并不是说因为伤秋就讨厌秋天。年轻的时候,一年四季中,最喜欢春天,但现在我似乎更期待秋天的来临。人随着年龄的增长,心境也随之开悟,就是一种达观,愿意随着自然规律而消失。因此,希望获得宁静、均衡的生活,不

---

[1] 《古今和歌集》所收藤原敏行的和歌:"秋来悄然眼不见,风声忽动惊人心。"
[2] 《万叶集》所收额田王的和歌:"我家帘微动,原是秋风吹。"

喜欢那种花花绿绿的景色,从这样枯寂的风物中更能获得心灵的慰藉,与其沉迷于现实的安逸享乐,不如沉溺于对过去安乐享受的回忆。就是说,对年轻人来说,怀旧是与现在毫无关联的空想而已;但对老年人来说,除了怀旧之外,没有别的生活道路。"

"诚然,诚然。"他不停地点头,"人随着年龄的增长,产生这样的心态是很正常的。尤其是我,还很小的时候,每年的十五日夜晚,父亲都要带着我在月下走两三里路。我现在还记忆犹新,所以每到十五日,就会想起来。父亲也说过您刚才所说的那些话,他还经常说:'你现在还不知道什么叫悲秋,以后你会明白的。'"

"这是为什么呢?令尊这么喜欢十五夜的月亮吗?还带着小时候的您走两三里地。"

"是啊,记得第一次带我去看月亮,是在我七八岁的时候,那时候什么也不懂。我的父亲住在胡同尽里面的小屋子里,母亲两三年前就去世了,就我们父子俩住一起,所以不能把我一个人扔在家里自己外出。他对我说:'喂,小子,带你去看月亮。'于是天还没黑,就出门了。那时候还没有电车,记得先是在八轩屋坐蒸汽船，沿着这条河往上走，然后在伏见下船。第一次我不知道那儿就是伏见町。父亲在河堤上一直走，我只是默默地跟在他身后，来到一处辽阔的湖边。现在想起来，当时走的河堤就是巨椋堤，那湖泊就是巨椋池。那条路单程就有一里半到两里吧。"

"哦。"我插话道，"为什么要去那个地方呢？为了观赏水中月，就这样漫无方向地寻找吗？"

"是这样的。父亲时不时站在河堤上，静静地眺望着湖面，说：'小子，你看，景色多美啊！'我这颗童心自然也认为景色很美，开心地跟着他。当我们从一幢大户人家的别墅似的宅邸前经过的时候，从院子深处一片黑乎乎的树林间传来古琴、三味线、胡琴的音乐声，父亲伫立在门前，侧耳聆听，然后仿佛想起什么事，绕着宅邸宽敞的围墙转了一圈。

"我跟在他身后，古琴、三味线的音乐声清晰起来，还听见隐隐约约的人声，原来已经走到宅邸的后院。这一带的围墙是树篱。父亲从树篱稍微稀疏的空隙往里面窥探，不知何故，身子一动不动，看得十分入迷的样子。我也学着把脸贴在叶子的空隙往里张望，只见庭院十分宽敞，有草坪，有假山，还有泉水汩汩涌动，在泉池上像过去的泉殿[1]一样架一个高台，四周栏杆环绕，台上铺有座席，五六个男女正在欢宴。栏杆边放着上面摆有各种东西的台子，此外还有神酒、明灯等。院子里芒草、胡枝子等习习瑟瑟，倒像是赏月的酒宴。弹古琴的女子坐在上座，三味线则由梳着岛田发型的女佣弹奏，还有像是检校或者游艺师傅的男子弹奏胡琴。

"从我们的位置看过去，这些人的模样看不清楚，因为他们前面立着一道金色屏风。这时，那个梳岛田发型的年轻女佣站到屏风前开始翻着扇面跳扇舞，虽然面孔不见，但动作舞姿看得很清楚。高台上还没有亮起电灯，也许是为了增添赏月的情趣故意这样子，只点着烛光，那火焰始终闪闪烁烁，映照在雕花柱子、栏杆、金色屏风上。皎洁明亮的月色辉映在泉池上，池边系着一叶轻舟。这泉水可能是从巨椋池引进来的，从这里可以驾舟直接进入巨椋池。不一会儿，舞蹈结束，女佣们端着酒壶转来转去给大家斟酒，从这里看过去，从女佣们恭恭

---

[1] 泉殿，京都贵族住宅的结构。将泉水引入院子里，还有的掘池蓄水，在水边盖起用于纳凉、宴饮的小亭。

敬敬的举止态度来看,那个弹奏古琴的女子好像是主人,其他人似乎都在陪着她。

"怎么说,这也是四十多年的事。当时京都、大阪的名门世家中有一些情趣特殊的主人,喜欢玩一种游戏,要求内室女佣[1]装扮成御守殿[2]的样子,学习一整套规矩礼仪。看来这座宅邸就是这样一家人的别墅,那个弹古琴的女子就是这家的女主人。不过,她坐在最里面,不巧被芒草、胡枝子挡着,看不见她的脸。父亲大概想看清楚那个人的模样,沿着树篱到处寻找合适的地方,但是好像都被遮挡住。只是从她发式上使用的假发、化妆的浓淡、和服的色调来推测,感觉似乎年龄并不大。尤其她的声音显得特别年轻,由于离得远,听不到说话的内容,但是她的声音清澈响亮,'是吗''是这样的吧'这些大阪方言的语尾在院子里回响,是一种高雅、富有余韵、具有银铃般传导力的脆响。可能略有醉意,时而哈哈放声大笑,笑声开朗又有教养,透着天真。

---

1 内室女佣,过去贵族武士家庭中,只伺候女主人的内室女佣(上女中),区别于做饭、做卫生的一般女佣(下女中)。
2 御守殿,将军的女儿嫁给大名。

"我问：'爸爸，他们是在赏月吧？'

"'好像是。'父亲依然趴在树篱墙上往里探看。

"我又问道：'这是谁的家啊？爸爸你知道吗？'

"但是，父亲只是'嗯'了一声，一心一意地探望里面。

"现在想起来，我们当时在那儿待了很长时间，女佣剪过两三次烛芯，后来又跳了一次扇舞，女主人独自一边弹古琴一边歌唱，如珠落玉盘。最后，宴会结束，他们起身离席。

"我们一直看到最后，回去的路上，我又无精打采走那条河堤。我说得这么详细，那是因为小时候的事情记得特别清楚。因为第二年、第三年，每年的十五日晚上都一定要走那一条堤坝，到那个湖边，站在那一家宅邸前倾听古琴、三味线的演奏，我和父亲都要绕过围墙到树篱那边窥看庭院。座席的安排大抵每年都差不多，看似女主人的那个人召集演艺人以及女佣一起赏月，笙歌欢乐。第一次看见的情形好像比后来所看到的情形要稍微复杂一些，不过每年的情况大同小异。"

"这样的啊。"我已经不知不觉地被他牵进了他的回忆世界里，问道，"那么，那是一家什么样的宅邸啊？令尊每年都到那里去有什么原因吗？"

"要说原因嘛……"他略一犹豫,说道,"说也无妨,但这样的话,把一个素不相知的人拖着不放,那不是给您添麻烦了吗?"

"不过,听到这个程度,不刨根问底地打听下去,心里总觉得遗憾。您不必客气。"

"谢谢。既然您这么说了,那我不如从命。"说罢,他又取出那个葫芦,"要说遗憾的话,酒只剩下这么点了。在我讲述之前,先干了它。"他又把酒盅递给我,又是"咕嘟咕嘟"的声音。

把葫芦里的酒喝光以后,他继续讲述:"父亲是每年十五日晚上在河堤山一边走一边把这些事告诉我的。我记得他说过:'你一个小孩子,我把这些事对你说,你大概也不明白,不过你很快就长大成人了,你把我说的话记在心里。我对你说这些事,不是把你当作小孩子,而是把你看作一个大人。'父亲的态度一本正经,十分认真,就像是和同辈人说话一样。接着,父亲把别墅里的那个女主人称为'那位女士'或者'游小姐'。父亲声音哽咽地说:'我每年都带你来,其实是为了让你牢牢记住那位女士的模样。'我虽然对父亲的话还不能充分理解,但在孩子强烈的好奇心以及父亲满腔热情的驱动下,非常认真地听。于是那种气氛情绪逐渐传递到我心上，感觉朦朦胧胧地一知半解。

"那位叫游小姐的女士原本是大阪小曾部家的女儿，据说粥川家慕其色，十七岁的时候嫁到粥川家。然而，也就四五年，丈夫去世，二十二三岁年纪轻轻就守寡。要是在现在，这么年轻，没必要一辈子守寡，世间对这样的事也不闻不问。但是，那个时候是明治初年，依然残留着不少旧幕时代的习俗，娘家和婆家都是旧脑筋的老人，尤其还生有一个男孩子，所以看来两边的家人都不允许她再醮。当初游小姐嫁过去的时候，婆婆和丈夫都视其为掌上明珠，比在娘家时过得还自由自在，悠闲舒适。守寡以后，听说时而还带着女佣前呼后拥地出来游山逛水，照样奢侈气派。从表面上看，的确还是华丽舒服的日子，本人每天沉迷在这种纸醉金迷般的生活里，大概也没有感觉什么不满意吧。

"我父亲第一次见到游小姐的时候，她就已经守寡。当时我父亲二十八岁，我当然没有出生，父亲还是单身汉，游小姐二十三岁。那是初夏的一天，父亲和妹妹夫妇，即我的姑姑、姑父一起去道顿堀看戏。游小姐的楼座恰巧在父亲的后面，她带着一个十六七岁的小姐，另外还有一个像是乳母或女佣主管似的老女人，再加上两个年轻的女佣，这三个人在游小姐身后轮流给她扇扇子。父亲见姑姑和游小姐点头打招呼，便悄悄问她是谁，姑姑告诉父亲那是粥川家的遗孀，那位小姐是游小姐的亲妹妹、小曾部家的女儿。父亲经常说：'自己对她是一见钟情。'

"父亲常说，那个年代，男女都早婚，但他是长子，到二十八岁还是单身，据他说是因为自己挑肥拣瘦，提亲的人倒不少，但他都看不上。其实父亲喜欢冶游，认识不少相好女人，但这样的女人怎么做老婆。父亲喜欢的是大家闺秀型的文雅女子，穿着裲裆，静静地坐在屏风后，专心致志地阅读《源氏物语》，既然如此，那些演艺人当然不在他眼里。

"那么，父亲是怎么养成这种趣味的呢？这与经商人的喜好大相径庭。其实，大阪的船场一带，有的人家的规矩很多，模仿武士家庭的礼节法度，重视各种仪式，比起小大名更显示贵族的心态。父亲在这样的家庭里长大，他一见游小姐，就认定她就是自己心目中理想的女人。为什么会有这样的感觉呢？因为她坐在自己的后面，通过她对女佣说话的口气以及其他举止做派,就知道她是一个大户的闺秀。

"我看过游小姐的照片,脸颊丰满,圆脸,有点像娃娃脸。据父亲说,光看长相,这样的美人不少,但游小姐的脸上仿佛罩着朦胧的烟雾,一层薄薄的东西像是蒙在她的眼睛、鼻子、嘴巴等五官上,如雾里看花,没有明显强烈的线条,如果盯着她看,自己的眼睛反倒模糊不清起来,觉得她整个身体周边都有霞雾缭绕。古书里所说的'贵妇人'大概就是这样的面容。这就是游小姐的价值,诚然,仔细一看,果然如此。这种娃娃脸的女人,只要没有家庭、孩子的拖累,不显老,容易保持年轻的形象。姑姑说,游小姐从十六七岁到四十六七岁,脸廓没有变化,总是一副天真稚气、涉世未深的感觉。父亲对游小姐的所谓'贵妇人'的朦胧美一见倾心。我带着父亲那样的情趣观念再仔细端详照片,果然觉得这才是父亲的梦中情人。一言以蔽之,就像欣赏古代泉藏人偶的面容一样,脑子里浮现出那种既开朗又略带古典韵味的感觉,令人联想到后宫深闺的夫人或者公卿家里的女官。游小姐的脸上若隐若现地缥缈着这种韵味。

"我的姑姑,就是我刚才所说的父亲的妹妹,与游小姐是小时候的朋友，长大以后，又一起在同一个师傅那里学习古琴，她把游小姐的成长过程、家庭情况、嫁人时的情形，都一五一十地告诉父亲。游小姐有很多兄弟姐妹，除了那天带去看戏的妹妹之外，还有姐姐和妹妹。唯独游小姐受到父母亲的宠爱，无论她怎么任性，都由着她，父母亲对她另眼看待。这也许和她在众姐妹中长得最俊有关系，但其他姐妹觉得游小姐这样受宠也是理所当然的。按姑姑的话说，'游小姐这个人福分好'，并不是她要求这么做，也不是她自以为了不起要欺凌别人，而是周围的人反过来关心体贴她，就觉得不能让这个人吃苦操劳，就像对待公主一样无微不至地小心呵护。大家都愿意替她去承受世上的风风雨雨。她的人品气质使得父母、兄弟姐妹、朋友，以及来到她身边的人都心甘情愿地这样对待她。姑姑做姑娘的时候去游小姐家里玩，游小姐是小曾部家的心肝宝贝，身边的任何细小琐事，她从来都不动手，都是姐妹们以及女佣伺候她，而她也心安理得，毫无不自然的感觉，所以，游小姐的性格就十分纯真可爱。父亲听了姑姑这一番话，更加喜欢游小姐，但后来没有合适的见面机会。

"有一天，姑姑得到游小姐要排演古琴的消息，便对父亲说你要是想见游小姐,我陪你一起去。那一天,游小姐梳着垂发[1],身穿裲裆,焚香,弹奏《熊野》。时至今日还保留这样的习惯,弹奏师傅所认可的曲目时一定要有这种仪式,为此徒弟要花费一大笔钱,师傅往往是让有钱的徒弟弹奏。游小姐学古琴是为了消遣时光,大概是师傅动员她做的吧。要说游小姐嗓子好,刚才说过,这是我亲耳听过的。知道了她的人品,再想起她的歌声,更感觉是一个典雅娴静的人。

"父亲第一次听到她吟唱的谣曲,就深为感动。不仅歌声动人,还见到她身穿裲裆的芳姿,感觉梦中情人真真切切地来到自己的眼前。父亲惊喜交集,简直怀疑自己的眼睛。游小姐唱完以后,姑姑到后台去找她,她依然穿着裲裆,说今天的排演,弹琴唱歌另当别论,自己一直想无论如何要穿一回裲裆,所以不肯脱下来,说打算去照个相。父亲一听,觉得游小姐的情趣碰巧与自己的一致。因此,父亲认为适合做自己妻子非游小姐莫属。他长期在心里所描绘、所期待的妻子形象就是游小姐,于是把这个愿望不动声色地透露给姑姑。

---

1 垂发,鬓发蓬松,长发梳拢背后。多为武士夫人、宫中女官梳结。

"姑姑对游小姐家里的情况十分清楚,却也很同情父亲的心愿,所以明确告诉父亲此事绝无可能。按姑姑说法,如果对方没有孩子,还有一点希望,但是她以后必须养育这个年幼的孩子。这关乎继嗣大事,她不能抛弃儿子离开粥川家。不仅如此,她有婆婆,娘家那边,虽然母亲不在了,但父亲健在,这些老人之所以对游小姐的任性为所欲为听之任之,一方面是因为同情她年轻守寡的境遇,让她尽量忘掉孤独的心情,表现出长辈的慈爱,但另一方面也包含着要她付出一生守贞的代价。游小姐很明白这一点,她尽享荣华富贵,但丝毫没有品行不端的传闻,所以,她根本没有再嫁的想法。

"父亲还是不死心,既然不能迎娶,就通过姑姑制造能时常见面的机会,说自己只要见到她的脸,就心满意足了。姑姑见父亲说到这个程度,也不好拒绝。不过,姑姑和游小姐交往密切是做姑娘的时候,成家以后就疏远了,所以说这事也不太好办。

"不过,姑姑倒是为父亲考虑,说:'要不你娶了她妹妹怎么样?反正其他人你也看不上,你就退一步,要了她妹妹吧。游小姐指望不上,要是她妹妹的话,事情还比较好办。'姑姑说就是那一天游小姐带着去看戏的那个姑娘，名叫阿静。游小姐与阿静之间的妹妹已经嫁人了，现在这个阿静年龄也正合适。那一次看戏的时候，父亲见过阿静的长相，还记得。

"听姑姑这么一说，他思量很久。这个阿静并非不是美女，与游小姐的长相不一样，但毕竟是姐妹，还是可以看出姐姐的影子。但是，最不满意的就是阿静脸上没有游小姐那种'贵妇人'气质，比起姐姐来品位显然大为逊色。如果光看阿静倒不会有这样的感觉，但与游小姐放在一起，公主与侍女的差距一目了然。如果阿静不是游小姐的妹妹，也许不会有什么问题，既然两人是姐妹关系，身体里留着同样的血，所以父亲也喜欢上了阿静。但即便如此，用阿静代替游小姐与她结婚的决心还是难以决断。首先，这样对不起阿静，另外，父亲只想着对游小姐一辈子保持纯洁的憧憬和向往的心情，将她作为自己心中的妻子，出于这样的良苦用心，与别人——哪怕这个人是游小姐的妹妹——结婚，他的心情也不坦然。但是，反过来想一想，如果和阿静结婚，以后就有机会经常见到游小姐，可以交谈，不然的话，就和现在一样，要想见面，只能期待偶然的邂逅。一想到这些，顿时觉得难以容忍的寂寞空虚。父亲在迷惘犹豫中经过反复思考，最后决定与阿静相亲。

"但坦率地说，这个时候父亲还没有最后下决心。其实，他的目的是借这个相亲的机会再见一次游小姐。父亲的这个如意算盘相当侥幸，每次相亲或者商量日程，游小姐都会在场。小曾部家的母亲已经不在了，游小姐又是个闲人，阿静一个月有一半时间住在粥川这边，也不知道是谁家的女儿了，自然就多是游小姐出面。这对父亲来说，是求之不得的幸福。父亲的目的是为了见游小姐，所以故意把时间拖长，见了两三次，时间拖了大半年，这样一来，游小姐就频繁来找姑姑。这期间，她也和父亲交谈过，对父亲的为人有所了解。

"有一次，游小姐坦率地问父亲：'您是不是不喜欢阿静？'父亲回答说：'不是不喜欢。'她就说：'那就请您娶了她吧。'采取十分积极促进的态度。据说游小姐对姑姑说得更明白，几个姐妹中，她和这个妹妹关系最好，所以想让她嫁给芹桥先生这样的人。有这么个妹夫，自己也很高兴。正是有游小姐的这一番话，父亲才下最后的决心。

"不久，父亲迎娶阿静。就这样，所以阿静就是我的母亲，游小姐是我的大姨。然而，事情并没有这么简单。父亲对游小姐那一番话的含义如何理解，我不得而知，但据说婚礼那天晚上，阿静哭着对父亲说：'我理解姐姐的心思才嫁给你的，所以，我把自己交给你，就对不起姐姐。我可以一辈子做你名义上的妻子，请你把幸福给我姐姐吧。'

"父亲听了阿静这一番出乎意料的话，竟如做梦一般。自己暗恋游小姐，难道灵犀相通，她知道了自己的心事？而且，游小姐也恋慕自己？这是自己从来没有想过的。还有，阿静怎么知道姐姐心思的？她是否发现有证据，如果没有的话，莫非是姐姐把自己的心事透露给她的？我不知道，父亲何不趁着阿静哭泣的时候问个究竟，当然，这种事，父亲既问不出口，也不该听。我的母亲阿静还是个不谙世事的姑娘，却能察觉出这些事，实在有点不可思议。

"后来才知道，起先小曾部家不认可这门婚事，说双方年龄相差太大，游小姐说如果大家都是这个意见，那也没办法。后来，有一天，阿静去游小姐那儿玩，游小姐对她说：'我觉得没有比这门亲事更合适的了，可又不是我嫁人，大家都那么说，我也不好坚持己见。如果你愿意的话，我想最好你亲自去表态。只要有你一句话，我就可以从中调解，说服大家。'阿静自己还没有个主意,既然姐姐这么看好,应该这个人不错吧,于是回答道:'只要姐姐说好,就这么办吧。'游小姐说:'你这么说,我很高兴。夫妻年龄差十一二岁的有的是,关键是我觉得他和我很谈得来。姐妹们一出嫁,就变成外人了,我只是不希望阿静被别人夺走。要是嫁给他,你就不会从我身边被抢走,心里还觉得增加了一个哥哥。我这么说,不是出于自己的私心,把他硬塞给你。对我好的人,肯定对你也好。你也算是为姐姐着想,听我的话,我不希望你嫁给一个我不喜欢的人,那样连一起玩的姐妹都没有了,会感觉很寂寞的。'

"刚才我说过,游小姐是在大家的溺爱中长大的,说话做事都任性所为,但是她自己并没有这种感觉,所以只当是对关系亲密的妹妹撒娇罢了。然而,当时阿静察言观色,从游小姐的口吻态度里发现与平时的撒娇不一样的东西。当她蛮不讲理地提出一些不合情理的要求时,越是这样越显示出格外可爱的样子,这时候在纯真自然中会带着一种热情。即便游小姐没有流露自己的想法,但阿静还是看出来了。腼腆寡言的女人心眼转得快,阿静正是这样的人,再加上联想到的其他种种事情。

"再说,游小姐和父亲交往接触以后,脸色也变得红润光亮起来，对阿静谈论父亲的事情成为她最大的乐趣。

"父亲对阿静说：'你想多了。'尽量不让阿静察觉出他的怦然心动，装作一副出乎意外的样子说道：'既然和你有缘结为夫妇，虽然有这样那样不满意的地方，但难道不认为这是前世姻缘吗？你为姐姐着想，这很好，但是你不要凭着自以为是的想法一意孤行，非要履行那种根本讲不通的人情义理，采取故意对我冷淡的态度。你这样做，也违背了姐姐的本意，何况姐姐本来未必希望这样。她要是知道了，会给她造成很大麻烦的。'

"阿静说道：'可是，你之所以娶我，是因为想和我姐姐成为亲戚吧。因为姐姐从你的妹妹那里听到你的想法，我也就同意了。以前也有不少说亲的，你不是一个都没看上吗？像你这么挑剔、要求条件这么高的人，之所以娶我，就是因为我有这么一个姐姐。'

"父亲无言以对，低下脑袋。阿静又说道：'如果你把自己的真实想法告诉姐姐，我想她一定会非常高兴的。这样藏在心底，双方反而有所顾忌。我今天不想说什么，只希望你不要对我隐瞒，我想你会抱怨我的吧。'

"父亲含泪说道:'我不知道你嫁给我,原来是替别人着想。你的一片好心我终生难忘。尽管如此,我也只是把她作为你的姐姐来看待,不管你嫁给我是什么目的,但我只能这么想,你要是履行什么大可不必的人情义理,你姐姐和我都会很痛苦的。你对我也有不满意的地方,但只要不是非常讨厌我,说一句掏心话,我们就不能成为好夫妻吗?其实这也是你为姐姐着想啊。把她作为我们两个人共同的姐姐尊敬礼待,有什么不好呢?'

"阿静说道:'你怎么说我不满意你、讨厌你呢?我怎么敢啊。我从小就一切都听姐姐的,既然姐姐喜欢你,我也喜欢。可是,我嫁给了姐姐恋慕的男人,实在是对不起姐姐,按说我是不该来的,但如果我不嫁过来,你也就不能在大庭广众之下和姐姐堂堂正正地相会,所以,我是怀着做你妹妹的想法嫁过来的。'

"父亲说道:'你要这么说的话,你这一生不是为姐姐做出牺牲吗?姐姐不会因为自己的妹妹这样做而感到高兴的。这样不是玷污了一个原本心地纯洁的人吗?'

"阿静说道:'你不要这么想,我也想把姐姐纯洁的心灵作为我的心灵，如果姐姐是为已故的姐夫守贞的话，我也是替姐姐守贞。不仅仅我的一生做出牺牲，姐姐不也一样吗？也许你不知道，姐姐的性情、外貌都特别受人们的疼爱，天生受宠，像一个大名家的千金一样，全家上上下下都一心一意护着她，然而，我明明知道姐姐心中有你这个人，却因为受到不讲道理的规矩的约束，就把你从她手里抢过来，这样做要受天罚的。要是姐姐听到我说的这一番话，一定会斥责我胡说八道，所以我只对你一个人说，请你记在心里。别人怎么看，我不管，我自己坦然无愧就行。姐姐那样天生的幸运儿对这个世道都力不从心，那么我这么微不足道的人就更是无可奈何，所以一开始就做好为了姐姐的幸福而奉献自己的思想准备，才嫁到这里来的。因此，你呢，也要有这个准备，人前我们是夫妇，在家里请你让我守贞。如果连这一点都忍受不了的话，那只能说明我连一半的心都没有放在姐姐身上。'

"父亲反复琢磨，左思右想，一个女子为了姐姐，能这样舍身做出牺牲，自己一个大男人，难道还不如她吗？于是说道：'谢谢，你说得太好了。如果她守寡一生，我也打算独身一生，其实这是我的本意。但是，现在也把你变成跟尼姑一样，我实在于心不忍,所以说了刚才那些话,听了你的话,你一片神圣之心,让我不知道如何感谢。如果你有如此大决心,我也奉陪到底。看似缺少人情人伦,其实坦率地说,我也很高兴。如果这样可以,那就这么做,虽不能说是尽情理,但我还是领受你的一片亲切之心。'说罢,父亲满怀敬重之情拉着阿静的手,未曾合眼,聊到天明。

"因此,在旁人眼里,父亲和阿静是一对从不拌嘴的恩爱夫妻,但实际上没有夫妻生活,他们既然有这个约定,那就恪守承诺。游小姐对此毫不知情,看到两人和睦相爱的样子,就在家人面前炫耀说:'我的眼光没错吧。'后来几乎每天来来往往,一起看戏,一起游玩,都必定叫上芹桥夫妇。两边互相邀请,出去旅游两三天。一次,这三个人晚上并排睡在一个房间里。后来逐渐成为习惯,即便不出去旅游,就留在家里,有时候游小姐留妹妹两口子在家里睡,有时候自己过去睡。

"很久很久以后,父亲还十分怀念这一段日子,他说游小姐睡觉之前,总是让阿静给她暖脚,让阿静躺进她的被窝里。因为游小姐脚凉,睡不着,而阿静身子特别暖和,所以阿静给游小姐暖脚成了阿静的工作。游小姐说:'阿静结婚以后,取而代之的是女佣，可是效果不理想。大概是从小养成的习惯吧，光有脚炉、汤婆子还不够。'阿静说道：'你就别跟我这么客气了，我在这儿睡，就是打算像过去那样给你暖脚的。'于是，阿静兴冲冲地钻进游小姐的被窝，等游小姐快睡着说好了之前，一直陪在她身旁。

"另外，父亲还听到不少游小姐过着公主般生活的故事。有三四个女佣围在她身边伺候她，洗手的时候，一个人将匜子的水倒在她手上，一个人手捧毛巾站在旁边，游小姐只要将湿漉漉的双手往前一伸，捧着手巾的女佣就把她的手擦干净。穿袜子的时候，洗澡的时候，几乎都不用她亲自动手。即便是过去的事情，一个商人家的孩子这么做，也未免太过分了。据说嫁到粥川家的时候，游小姐的父亲就多次叮嘱道：'我这女儿就是这样娇生惯养长大的，这种习惯也改不了了。你们既然恳切地一心爱恋，以后也能让她这样过日子吗？即使有了丈夫、孩子，做姑娘时候摆谱显阔的习气不会改变。'

"所以父亲经常说，只要去游小姐那儿，就像进了宫廷女官的房间一样。父亲本身也是这种情趣，情趣相投，一进她的房间，所有的摆设家具都富有宫廷风格或者仿平安时代公卿家具图案,从手巾架到便器,都是涂蜡,还描绘着泥金画。两个房间之间的隔扇位置上,摆着衣架,代替屏风,根据每天的情况,挂着各色各样的窄袖便服。游小姐的里屋没有'台上'[1],但是她经常倚在凭肘几上,闲暇时放置香笼,把衣服放在上面,给衣服熏沉香,或者与女佣一起闻香,或者玩投扇游戏[2],或者下围棋。游小姐的消遣游戏也讲究风雅,尽管围棋棋术不高,但喜欢秋草图案的古典泥金画的棋盘。为了让这棋盘发挥作用,她经常玩五子棋。一日三餐,她使用的都是高脚食案,用漆碗吃饭。口渴的时候,女佣轻手轻脚地捧着天目台茶盘送上来。她想抽烟的时候,女佣一支一支地接续着插在长烟管上,点上火。晚上睡觉的时候,枕边立着光琳[3]绘画风格的矮屏风。天冷的时候,早上一醒过来,就让女佣铺上油纸垫[4],多次端来

---

1 台上,日式传统建筑中,地板比其他房间高出一个台阶的房间。主要用于摆放壁龛、博古架等。
2 投扇,用拇指按着打开的折扇的扇钉,扔向摆在一米远的台子上称为"蝴蝶"的目标。流行于江户时代后期的室内游戏。
3 尾形光琳(1658—1716),江户时代中期的代表画家之一。擅长屏风画、漆工艺的图案,画风以大和绘风为基调。在后世被称作"琳派"的画派之祖。
4 油纸垫,多层厚纸糊成的垫子,涂上油或漆,铺在房间里。

热水,用半插[1]或者盆子洗脸。因为事事都这样讲究,一旦出门或者去旅游,肯定要带一个随身女佣,阿静也要前后关照,甚至连父亲也要帮忙,有的拿行李,有的帮她穿和服,有的给她按摩,分工明确,各司其职,一切都要安排得顺顺当当,万无一失。

"就是这样,那时候,孩子正在断奶期,经常哭闹,甚至连奶妈也都带上。有一次去吉野赏花,晚上进旅馆后,游小姐说涨乳,要阿静吃。父亲看见,笑着说:'阿静吃得很熟练嘛。'阿静回答说:'我吃姐姐的奶都已经习惯了。姐姐生了孩子阿一[2],因为孩子吃妈妈的奶,姐姐就让我吃她的奶。'父亲问:'什么味道?'阿静说:'自己婴儿时候的感觉不记得了,可现在感觉特别甜。要不你也尝尝?'说着,把奶水挤在茶碗里,递给父亲。父亲舔了一口,说:'果然很甜。'父亲装作一副若无其事的样子,但觉得阿静让自己吃奶似乎别有用心,觉得自己脸都红起来,不好意思待在一旁,一边嘴

---

1 半插,一种长壶嘴的注水用具。
2 阿一是孩子的名字。

里说着'这怎么回事,这怎么回事'一边往外走,站在走廊上。阿静觉得有意思,咯咯大笑起来。

"有过这件事以后,阿静似乎成心让父亲尴尬、为难,故意淘气、使坏。白天人多,自然不会,等到三人在一起的时候,当然也不会一直就这样,偶尔也使坏,自己突然离开,让父亲和姐姐单独处在一起,而且很长时间。等到父亲感觉坐立不安的时候,她悄然回来。一起坐的时候,阿静让父亲坐在她身旁。但是玩纸牌或者有输赢比赛游戏的时候,就尽量让父亲坐在游小姐对面,二人对决。如果游小姐想让人给她系腰带,阿静就说男人有劲,让父亲去做;如果游小姐想让人帮她穿布袜子,阿静就说袜子上的钩扣太紧,让父亲来干。每次都这样子,阿静就喜欢看着父亲这种难为情、窘迫的样子。当然,阿静对父亲是没有恶意的淘气,没有怀着故意讥刺欺负的用意,或许在阿静看来,这样子可以消除父亲和姐姐之间的客套感觉。这里也许饱含着阿静的亲切心怀,让父亲在和姐姐接触的过程中,说不定会有机会让他们互相吐露心声,发生心灵的碰撞。阿静希望他们之间会有这样沟通的机会,撞击出什么出格的事情。

"可是,后来什么事都没有发生。一天,阿静和游小姐之间似乎闹了点小别扭。父亲不知道，见到游小姐的时候，她转过脸去，不让父亲看见泪水，这是极其少有的。父亲问阿静怎么回事，阿静说：'姐姐已经知道了。因为我觉得到了该说的时候，所以就告诉了她。'这事是怎么引起的，阿静没有把事情的前前后后告诉父亲，父亲对阿静的做法也觉得不太理解。大概阿静认为时机已到，可以把真实情况告诉姐姐了，姐姐一旦知道他们是假夫妻的实情以后，无非就是责备他们做事轻率无知，但事到如今，碍着姐妹的情谊，也不会怎么样。

"于是，父亲找了个机会，一边察言观色一边和游小姐交谈，把话引到这事上面，他说：'阿静这个人很体贴，有人情味，同时做事又有点冒失。本来就是个操心的命，从年轻时候开始就像媒婆一样善于周旋撮合。想起来，她一直说自己生到世间，这身心就是为了服侍姐姐，能照顾好姐姐就是自己最大的快乐。她为什么会有这种想法呢？她说只要一看见姐姐的脸，自己的一切事情都忘在脑后。要说阿静喜欢多管闲事，也的确如此，可是她所做的，都是抛弃私欲，一心只想着姐姐。'对此，游小姐也好，父亲也好，都只是感激涕零。

"游小姐起先大为震惊，说道：'我不知道自己竟然犯下如此的罪孽。让阿静他们这个样子，我要遭报应的，想起来都浑身发抖。但是，事情已经发生了，也没有办法，只是希望你们以后成为名副其实的夫妻。'

"阿静说道：'大姐，这事就不要再提了。慎之助也好，我也好，都是出于我们的自愿。以后会怎么样，姐姐您就别操心了。我把这件事告诉您，是我的不好，您就当什么也没听过一样。'

"后来，阿静就没搭理姐姐，游小姐有一段时间和他们的来往明显减少了。但所有的亲戚朋友都知道他们三个人的关系亲密无间，不可能发生龃龉矛盾，于是过一阵子双方又恢复来往，这事最终还是阿静考虑比较周到的缘故吧。的确，如果进入游小姐的内心深处看一看，她给自己设置的壁垒已经倒塌，心灵的防线开始松懈，即使想憎恨妹妹坚守信义，也恨不起来。后来游小姐还是表现出她与生具有的豁达大度的本性，什么事都让妹妹夫妇帮忙。既然认同了妹妹夫妇的主张，他们也都是一片好意，也就接受了。

"父亲就是在这个时候开始叫她'游小姐'的。有一次和阿静谈到游小姐的事情时，阿静说你以后不叫她'姐姐'了，加一个'小姐'叫起来更符合她的为人,对,就这么叫。这么一叫,就叫习惯了。游小姐一听,觉得这么叫她,也挺高兴的。她喜欢和父亲两个人在一起的时候,听父亲这么叫她。她说:'大家都很看重我,我心里很感激,我一直认为这好像都是理所当然的,也希望大家明白我是在这样的环境中长大的,大家无论什么时候总是这样体谅爱护我,我就很开心。'

"要说游小姐像小孩子一样任性捣蛋的事,有一次,她用手捂住父亲的鼻孔,让父亲憋着气,要等她说'可以了',才能呼吸。父亲拼命忍着,实在憋不住,透出一点气,她满脸不高兴地说:'我还没说可以呢。'接着,用手指把父亲的嘴唇捏得紧紧的,或者把两块红色纺绸纱巾叠在一起,手持两端紧紧地扣在父亲的嘴上。每当她这样作弄别人的时候,那一张娃娃脸就像婴儿园里的小孩子那样,看不出已经是二十多岁的女人了。她有时说'不要你老看我的脸',要父亲双手着地脑袋低垂毕恭毕敬地坐着;有时说'不许你笑',然后用手在父亲的下巴下、侧腰挠痒;有时说'不许喊疼',然后在父亲身上到处揪拧,她尤其喜欢这样调皮。她说'我睡着了,你也不能睡。你要是困了,就看着我的脸,忍着'。有时她自己睡得很香，父亲也迷迷糊糊进入梦乡，也不知道她什么时候醒过来，就往父亲的耳朵里吹气，或者用纸捻子在父亲的脸上刺痒，把人弄醒。

"父亲说游小姐具有天生的喜剧性，她自己未必感觉出来，但心里所思，身体动作就自然而然地带有戏剧要素，这不是故意做作，也不是扭捏作态，而是给她的人品性格增色添香。阿静与游小姐是不同的，最大的就是阿静缺少这种喜剧性。身穿裲裆，弹奏古琴，或者坐在台上的衣幕后，让女佣给自己的漆器酒杯里斟酒的做法，除了游小姐，其他人不会如此潇洒自如、游刃有余。

"不言而喻，正是由于阿静的安排，两人的关系才发展到这个程度。由于阿静家比粥川家人少，所以多是游小姐过这边来。阿静千方百计地想办法，她说'带着女佣出门旅游挺浪费的，有我在，你们不会不自由的'，于是，三个人就去伊势啊、琴平啊旅行。她故意穿着打扮很朴素的样子，住旅馆的时候，她单独住在另一间。这种关系中，说话措辞都要随时注意。住旅馆的时候，游小姐和父亲作为夫妻是最合适的，但是游小姐往往摆出女主人的样子，所以父亲有时就扮演成管家、执事，或扮成女主人喜欢的艺人。出外旅游的时候，两个人都叫她'太太'，这让她心花怒放，觉得也是一种愉快的游戏。虽然平时还是比较谨慎，但吃饭的时候稍微喝点酒，胆子也大了起来，虽然还是从容稳重的态度，但时常会肆无忌惮地咯咯放声大笑。

"不过，我在这里要为我的父亲，也要为游小姐申明的是，虽然他们的关系到了这个地步，但并没有突破底线。既然都这样了，有没有其实都是一回事，我希望别人不要这么说。尽管没有任何证据，但我愿意相信父亲说的话。父亲对阿静说：'事到如今，对得起你对不起你也就是这么回事了，但是，即使我和她同床共寝，还是守住了该守住的东西，这是我可以对天发誓的。这也许不是你的本意，游小姐也好，我也好，都不能再欺负你到那种地步，不然的话，神佛会惩罚我们的。所以，我们也就是为了自己的慰藉吧。'我觉得事情的确是这样，当然还有担心万一怀上孩子这个因素。

"当然，对贞操的理解宽严标准不一，因人而异。所以，也许不能说游小姐就没有受到侵害。关于这一点，我想起，有一次，父亲打开一个有着游小姐亲笔题名的桐木箱，让我看里面都珍藏些什么东西，除了沉香之外，就是一套游小姐冬天穿的窄袖便服。窄袖便服下面叠放着一件友禅绸的长袖衬衫。父亲把衬衫拿出来，放在我面前，说：'这是游小姐贴身穿的衣服，你看看这绉绸的重量。'我试着拿起来，果然与现在生产的绉绸不一样，褶子密，丝线粗，沉甸甸的。'怎么样？重吧？'父亲说道。'这绉绸很重。'我说。他满意地点了点头，说：'绉绸不仅仅要柔软，像这种褶子密、有点凹凸的才是高档的。粗褶但具有雅趣的绉绸穿在女人身上，更能感觉出肌肤的柔嫩。肌肤细腻滑润的女人穿绉绸的衣服，连绉绸的褶子都显得优雅，手感也格外舒服。游小姐身子纤细苗条，穿上这件重绉绸衬衫，更显得软若无骨。'接着，父亲双手捧起衬衫，说：'那副身子竟然受得了这么重的衣服。'然后把衣服贴在脸颊上，仿佛把游小姐抱在怀里一样。"

我一直不声不响地认真倾听这个男人讲述的故事，于是问道："这么说，令尊把那件衬衫给您看的时候，您已经不小了吧？不然的话，少年的脑子还难以理解这些事情。"

"不，那时候我也就十岁左右吧。父亲对我讲这些事，就没有把我当作一个小孩子。当然，我还理解不了，但把他的话牢记心上，随着年龄的增长，懂事以后，就逐渐理解其中的含义。"

"嗯，那么，我想请教一下：如您所说，要是游小姐与令尊是这种关系的话，那您是谁的孩子呢？"

"这个问题问得好，我要不清楚说明这一点，我的故事就有头无尾了。所以，请您再耐心听我说下去。其实，父亲和游小姐之间的畸恋并没有持续多长时间，从游小姐二十四五岁开始也就三四年的时间。游小姐二十七岁那一年，她与亡夫的唯一孩子阿一因麻疹转成肺炎病死。孩子之死对游小姐的人生，乃至对父亲的一生都产生极大的影响。此前，游小姐和妹妹夫妇之间的来往过于频繁，小曾部家倒没说什么，但在粥川家，婆婆和家人就不时议论这件事，甚至有人说阿静别有用心。其实，不管阿静怎么精心周密安排，时间一长，自然就会有人怀疑，说芹桥的儿媳妇守贞也过于纯洁了，说阿静对姐姐的体贴照顾也太过头了，大家在背地里说长道短，搬弄是非。只有姑姑真正了解他们的内心，独自忧心如焚。

"粥川家起初并没有理会这些闲言碎语，可一旦阿一死后，家里人就责备游小姐作为母亲对孩子照顾不周，缺少责任，这实在无法辩解，不管怎么说，的确也有游小姐过失的地方。尽管也是一心疼爱孩子，但日常对孩子的照顾都一手交给奶妈，正因为养成这个习惯，所以在孩子得病需要照顾的时候，她还出去游玩半天。也正是在这半天里，孩子的病情恶化，转成肺炎。因为有孩子，游小姐在粥川家才受到重视，孩子一死，人前人后还有这么多流言蜚语，这么年轻，还不到徐娘半老的年龄，于是对她的安排就成为一件麻烦的事情，最后形成让她回娘家的意见。粥川家和小曾部家就是否接受游小姐的问题又讨价还价地争执一番，最后离籍[1]，总算大面子上过得去。

"于是，游小姐回到了娘家。当时小曾部家已经由兄长继承。游小姐原本是在父母亲的溺爱下长大的，在粥川家又有遭受别人指桑骂槐般冷言冷语的感受，所以觉得不可造次，毕竟与父母亲健在的时候不同，处处显得小心谨慎。阿静几次说'在这儿闷得慌的话，就住到我那儿去吧'，但都遭到哥哥的拒绝，说'外面风言风语的，还是慎重为好'。阿静认为，哥哥也许对实际情况多少听到一些，要不就是心里的推测。

1 离籍，指游小姐离开粥川家的户籍。

"过了大约一年，哥哥劝游小姐再婚。对方名叫宫津，是伏见的酿酒老板，年龄比较大。他以前常出入粥川家，听说过游小姐铺张奢华的做派，这次老伴去世，便一心想娶游小姐。他说要是游小姐能嫁过来，就不能让她住伏见的店里，要把巨椋池旁的那栋别墅加以扩建，改造成游小姐喜欢的那种茶室式结构。让游小姐过上比在粥川家时更舒适的贵族生活。哥哥一听就动心了，觉得这门亲事很理想，劝游小姐说：'你时来运转了，嫁到那边去，也算是给那些嚼舌头的家伙当头一棒。'不仅如此，哥哥还叫来父亲和阿静，为了彻底消除外界的传言，让他们说服她，无论如何也要她同意。这一来，两人都觉得十分为难。

"这个时候，父亲想要继续保持与游小姐的恋情，只能情死，别无他策。父亲不止一两次下了决心，但最后没有实施。其中一个原因是因为阿静。就是说，父亲的心里还是有阿静，把阿静抛下，于情于理都说不过去，又不愿意三个人一起情死。阿静最害怕的就是这个，说：'你们要是情死，一定要带上我。到了这个田地，还把我一个人扔下，叫我多么窝心啊！'她反反复复地说这些吃醋的话。

"还有一个更重要的原因是,父亲体恤游小姐的心情。游小姐这个人,最适合过着众星捧月般不谙世事、天真幼稚的荣华富贵的日子,现在已经有人愿意给她这样的生活,如果让她死去,感觉有点过于残忍。这个想法对父亲放弃情死的计划起了最主要的作用。

"于是,父亲表明自己的心迹,对游小姐说道:'你陪我去死,那太可惜了。如果是一般的女子,情死也许是很正常的。但是,你这个人,享不尽的一身恩宠福气。如果这一切都抛弃了,你的价值也就没有了。所以,你还是去巨椋池的豪宅,住在有金碧辉煌的隔扇、屏风的里屋里吧。只要一想到你过着这样的生活,我就觉得比和我一起死更高兴。我这么说,请你不要以为我变心或者怕死,正因为你是一个少有的心胸开阔豁达的人,我才放心地把心里的想法全盘告诉你。你天生虚怀若谷,对我这样的人完全可以付诸一笑。'

"游小姐默默地听着父亲的话,一滴泪珠静静地掉落下来,但马上换成一副开朗的表情,说道:'你说得也是,就按你说的办。'她的态度显得满不在乎,也没有故作姿态的解释。父亲说只有在这个时候才显示出游小姐恢宏大度的人品。

"后来,游小姐就嫁到伏见,但据说那个宫津是个酒色之徒,当初娶游小姐也是为了满足自己的猎奇,很快就厌腻了,很少到别墅去。他说,那个女人跟壁龛里的物件一样,就是个摆设,钱可以让她随便花。就这样,游小姐似乎依然还活在田舍源氏[1]绘画般的世界里。

"此后,大阪的小曾部家和我父亲的本家开始逐渐家道中落,前头说过,到我母亲去世前后,已经沦落到住在胡同的小屋子里的地步。对了,说到母亲,我的母亲是阿静。我是阿静生的。父亲和游小姐这样分手以后,想到这几年的辛苦烦恼,对游小姐的妹妹阿静的确怀着难以言喻的怜悯心酸,就和阿静成为真正的夫妻。"

说到这里,这个男人好像有点说累了,从腰间掏出烟盒。

"谢谢您给我讲了这么有意思的故事。这样,您小时候被令尊带着在巨椋池别墅外面转来转去的原因就能理解了。可是,您说后来每年都去那里赏月,记得您今晚也要赶到那儿去。"

---

[1] 田舍源氏,指柳亭种彦创作、歌川国贞绘画的长篇画卷《偐紫田舍源氏》,将《源氏物语》的故事内容搬到室町时代。

"是的。我今晚就要去的。从别墅后面的树篱空隙间窥探进去,可以看见游小姐弹奏古琴、女佣们跳舞的情景。"

"我有一点疑问,这位游小姐今年应该快八十了吧?"

这时,只见秋风吹拂,草叶摇晃,再一看,水边的密密芦苇也看不见,这男人不知道什么时候消失得无影无踪,仿佛融进月色里。

褴褛之光

一

我打算写这样一个故事，取名为《褴褛之光》。虽然我觉得不太满意，却又想不出更合适的字眼。这题目的意思，取自波德莱尔的一首著名的诗：讴歌女乞丐的美丽。[1]——就是说，我打算表现那首诗所暗示的那种美。

读者中如果有人居住在浅草公园一带，大抵会知道的。去年的晚春至初夏时节，一个年轻的乞丐孕妇每天晚上总是在观音堂后面的喷水池周边徘徊。成了那一带人们的谈资。她的年

1　典出波德莱尔《给一位红发女乞丐》。

龄看上去也就十六七岁。乍一看，灰头土脸，面色黝黑，扁鼻厚唇，黑亮闪光的前额右边，长着许多小疙瘩，让人联想到患上梅毒、麻风之类的恶症。她身穿破破烂烂满是油垢的、像是老人旧衣服似的蓝色方格纹铭仙绸夹袄，包裹着大约六个月的大肚子。

"那个可怜的女人，究竟被什么人玩弄，播下这样的孽种。"

她凄惨的模样引起路人的注意，大家都这样发自内心地同情。但是，如果仔细观察，就会发现，不仅怀孕之身是她的标志，其实她的身体、相貌说不好什么地方蕴藏着一种难以言喻的美。

那不是平民区小姑娘那样的纯真美，也不是艺妓那种自我炫耀的美，当然更不是富家淑女的美，可也不是异国情调的美。如果按照我们现有的观念勉强形容的话，应该说是那种——恶魔之美。就是说，她的肉体在乞丐这类人共同的丑陋掩盖下，妙龄少女共同的娇艳的媚态依然散发出丰腴润泽的光彩。一方面丑陋遏制艳美的显露，另一方面艳美反击丑恶的阻扰，二者相互制约，相生相克，在全身表现得淋漓尽致。由于丑陋和艳美总是不断地相争相制，两种力量犬牙交错，交融模糊，终于在全身发酵，最后发射出一种无法形容的色彩与香气。

  我第一次见到她，是在五月末的一个夜晚，将近十一点的时候。我看完电影，打算横穿公园回家，刚从仁王门走进仲店街，只见门前石阶前围聚着很多人，黑乎乎的一群。

  我忽然听见有人低声说道："是一个怀孕的女乞丐。"

  我也没有太在意，只是从人群后往里瞧。

  人群围得几乎密不透风，她无法动弹，正接受警察的询问。

  "……你多大了？"

  "……十七岁。"

  我只听见这一句，后面的话完全听不清楚。警察问她"你晚上在哪里睡觉""什么时候开始到这公园里来的"这类问题，但是她始终低着脑袋，支支吾吾、提心吊胆地低声回答。

  警察举起手中的灯笼，从头到脸再到胸部，照看她的模样，照看她的面容。在灯光的映照下，她身子周边的黑暗渐次明亮起来，朦胧呈现出她身影的轮廓。这种情景，当时让我联想到镰仓长谷寺的僧侣在烛光里观看本尊观音菩萨的光景。我感觉她有一双大眼睛，而且晶莹湿润。尽管面色黧黑，但是从破衣烂衫间露出来的两只胳膊能分明看出丰满健康，呈现鲜嫩的粉红色。

"你怀的是谁的孩子？他是什么人？"

当警察这样问她的时候，围观的人群发出低声的窃笑。也许是众人的嗤笑，也许是警察毫无礼貌的问法，她的眼里流露出与其说是羞耻，不如说是愤怒的神色，表现出不想回答的态度，嘴唇紧闭，只是一味盯着地面。

我第二次见到她是在六月初，天气极其晴朗的酷热的午后。我从樱树嫩叶郁郁葱葱的绿荫下穿过，打算向观音堂旁边的广场方向走去的时候，看见她坐在路边的长凳上，双手捧着笋皮包裹的残羹剩饭，正大口大口地吃着。

要不是孕妇，我也许还真不相信她就是上一次在仁王门附近见过的那个女人。那一天，映入我眼帘的她，显得异样之美。她的脸色依然黝黑，她的衣服依然破烂，不仅如此，上一次看见她的时候没有注意到的额头上的疙瘩、过分的胖、矮短的身材、大象皮肤一样粗糙皴裂的手脚，这一次我才知道她有这种种缺点。然而，这些丑陋反过来似乎凸显出弥漫全身的妖艳的风情。例如浓密乌黑的绺绺长发优雅随性地束结在长满疙瘩的额头上，柔软服帖地从眉宇间垂落下来。扁鼻两侧鼓起来的脸颊，虽然脏兮兮满是污垢，但遮盖不住污垢底下生机勃勃散发的粉红色肌肤的气息，洋溢着犹如印度花布那样优雅、亲切的色彩。从那件衣服的破洞中惨不忍睹露出来的两条胳膊，在初夏鲜亮的阳光照耀下，丰厚的肌肉闪烁着清漆般的光泽。

这肌肤与鹑衣百结、如海底水藻般下垂的暗绿色衣服形成鲜明的对照，更呈现出一种不可思议的妖艳。令人感觉如同被六月热气蒸溽而腐臭糜烂的东西里，还残存着些许尚未腐烂的、旺盛活跃新鲜的力量。恰如化身为"非人"模样的龙神，从破衣烂衫的空隙不经意间泄露出些许璀璨炫目的鳞光。

当然，她本人毫无炫耀自己美丽的意图，也不认为自己的身体具有美感。在我看着她的时候，她用手把剩饭捏成一团送进嘴里，像野兽一样，用舌头在笋皮上来回舔，丝毫没有不好意思的感觉。她用手扒开剩饭，将里面的鱼肉和菜叶，一个个挑出来，放进嘴里。那手势似乎不像是吃东西，倒像是找虱子。尽管她身子脏兮兮的，但是，她每次张嘴的时候，我惊讶地发现她的牙齿竟是那么整齐细腻洁白，一口美牙。

后来还是在观音堂附近，我看见过她两三次。她的肚子日渐增大，十分显眼了。公园小餐馆的服务员们都在叽叽喳喳地议论：会生出什么样的孩子啊，在哪里分娩啊之类的话题。甚至还有人说这个女人生性淫荡，和不少男人发生过关系，所以连她自己也不知道这肚子里的孩子究竟是谁的种。还有人说，就是前些日子还在合羽桥一带游荡的那个独眼龙乞丐玩弄了这个无知少女，所以她怀的就是那个独眼龙的孽种。但是，六月中旬以后，不知什么原因，公园里再也看不见她的身影。于是，人们议论纷纷，有的说她被那个独眼龙始乱终弃，想不开最终自杀了；也有的说大概被送到养育院去了。两种不同的意见，但一般都相信后者的猜测。于是，人们也就逐渐把她淡忘了。

她突然间从公园消失，去了哪里呢？现在身在何处呢？我也是一无所知。只是某种原因，我得知她腹中胎儿的真正父亲。我想，除了当事者的父亲和那个女乞丐之外，知道真相的大概只有我一个人。

这充其量不过是一个不知其名的女乞丐的隐私。我并没有因为知道这件事的真相而自鸣得意。然而，只是她的隐私中含有引发我关注的有趣的因素。为什么这么说呢？因为导致她怀孕的那个男人是我的一个朋友，名叫 A 的青年画家。我一直对这个青年的天才深怀敬意。他亲口把自己与那个女乞丐的关系一五一十地告诉了我。

二

我在前面说青年 A 是个画家，还说他是天才。但是，我承认他是天才，并非因为他的绘画。他的确曾在美术学校读过，也画过一些油画，所以称他为"画家"大概也无妨。不过，肯定没有人知道他是画家。他中途退学，退学之前也几乎都是旷课，甚至他的同学也几乎没人记得他。他的作品当然不会在文展[1]、二科会[2]上展出，倒是有两三次在莫名其妙的什么团体办的画展上作为习作展出过。他曾好几次说要创作大作，却一幅也没有完成，自然也不会得到社会的认可。我之所以视其为天才，是通过与他当面交谈时，根据他的整体人格所发出的非凡的光彩做出的判断。

如此说来，好像我和他是多年的至交，其实不然，也就是

1　文展，文部省美术展览会的简称，1946 年改为日本美术展览会。
2　二科会，美术团体，创建于 1914 年，战后重建，1979 年成为社团法人。有绘画、雕刻、摄影、设计四部门。

这两三年交往比较密切。有一年冬天，我的一位文学士的朋友要去法国留学，在帝国饭店为他饯行，A也出席，他缩在桌子的角落里。那晚的参加者中，除了A以外，都是我的前辈，全都是可以称之为"大家"的美术家、文学家。A杂在其间，和谁都说不上话，无聊至极的样子引起我的注意。

"那个人吗？名叫A，美术学校的学生。别看他年轻，非常有才气。艺术天赋极强，很快就会声名鹊起。把他介绍给你吧，不过这个人脾气别扭古怪，不好打交道。他喜欢的人，滔滔不绝；他不喜欢的人，则极其傲慢无礼。你和他打交道，得有这样的心理准备。"

我的那位朋友说罢，介绍我们俩认识。

据我的文学士的朋友说，A是冈山县一户有钱有势的富农的次子，过着与学生身份不相称的奢侈生活。文学士之所以尊重这个青年，不单是因为敬佩他的天才，更是因为文学士的这次出国旅费的一部分是通过A的努力由他父亲资助的。正是这个缘故，一个刚刚二十二岁的小字辈才被邀参加这样的聚会。

那天晚上，A穿着笔挺的羊毛绒正式礼服，系着绣有绿色花纹的白缎领带，脚穿漆皮鞋，一身打扮极其潇洒时尚。他脸色微黑，像西方人的高鼻梁，圆脸，这容貌倒有几分富二代的文雅，但他眼睛凹陷，阴郁的神情看上去感觉几分显老。晚餐结束后，大家转移到休息室，他一边烤着火炉，一边略带羞涩地断断续续和我交谈五六分钟。我不由得对他怀有好感，放下身段，说了一句客气话：以后经常过来玩。散会的时候，我和他一起走到玄关，这才发现他比我高两三寸，个子相当高大。

过了三四个月，第二年的春天，一天晚上，我到吉原观赏夜樱。看见一个学生模样的人蹲在河内楼的格子窗前，正聚精会神地对橱窗里揽客的妓女姿态写生。他戴着茶褐色的软帽子，帽檐低压眼眶，穿着很旧的久留米碎纹短和服以及细条纹小仓布裙裤，脏兮兮的光脚丫深深杵在萨摩木屐里。为了不让来往的路人察觉出来，他双手揣在怀里，速写本几乎贴着胸口，瞅机会匆匆画上几笔。偶尔有路人发现他在素描，站在他身后，他就立刻把本子扔进怀里，从和服衣袖里掏出"金鸮牌"香烟吸起来。我想知道坐在橱窗里揽客的四五个妓女中，哪一个是他素描的模特儿。不言而喻，这些妓女都姿色平平，没有一个够得上漂亮的资格。但是，右起第三个那个二十五六岁的妓女，有着一对丹蒂·加布里埃尔·罗塞蒂[1]所描绘的女人那样的嘴唇，她脸色苍白、颧骨突起，穿一件友禅绸裲裆长罩衫，瑟瑟缩缩的样子。她一下子引起我的注意，在这几个妓女中，她应该是长得最丑、最难看的。她面无表情、充满忧郁的冷冰冰的脸上没有丝毫足以诱发男人欲望的东西，没有一丁点女人的韵味。瘦骨嶙峋的细长脖子惨不忍睹，红红的卷发，肺病患者似的病态。但是，也必须看到，她微微低头注视橱窗外面时的那一双大眼睛，以及鲜红如火的小巧精致的嘴唇。她的眼珠如进口的玻璃珠一样冷澈清澄，晶莹透亮，弥补花枝招展的风情。如此崇高、天使般的辉耀竟然出现在从事如此下贱职业的女人身上，实在令人不可思议。还有她的双唇，光滑柔润如可爱的婴儿的小嘴，勾勒出天真烂漫的稚气的曲线。可以说，正是这个女人容貌的丑陋凸显出这嘴唇和眼睛的特性。眉毛、额头、脸颊、鼻子等其他部分都仿佛淡薄得没有了痕迹，只留下永恒美丽的两样东西。这不是容貌整体的美，而是眼睛和嘴唇各自

---

[1] 丹蒂·加布里埃尔·罗塞蒂（Dante Gabriel Rossetti）（1828—1882），英国画家、诗人、翻译家。前拉斐尔派创始人之一。

显示的圆满微妙的独特风姿。我刚才使用"永恒"这个词，我觉得形容这两样东西没有比这更合适的词汇了。她的眼睛注视着格子橱窗前面的地面，但那双眼睛不是用来看尘世俗物的，而是适合于仰天憧憬"永恒"之光。那一对嘴唇，要说妖艳，自然是妖艳，这不是用来贪婪地吮吸男人火热的情欲的，而是含带着平静，浸润着"永恒"的沉默，蔑视人世间的忧苦懊恼。我相信这个学生写生的对象肯定就是这个女人，在好奇心的驱使下，不知不觉地走到他身旁。

他听到我的脚步声时，似乎写生也已经结束，急忙把速写本放进怀里，一边站起来一边瞟了我一眼。

"哎呀！"

他一副惊讶的样子，比我先开口打招呼。我一时想不起来这张面孔似乎在哪里见过。其实，想不起来也正常，原来这个脏兮兮的青年画家竟然就是先前在帝国饭店被介绍认识的那个富家子弟Ａ。

我立即问道："你写生的是右起第三个那个人吗？"

"是啊。是那个女人。她容貌之美不在于肉体，而是灵魂之美。十天前，我来这里散步的时候，一看到这张脸，就喜欢得不得了,当然也没有进门买春的想法。因为我觉得,如果那样的话,反而会玷污那个女人的美。所以,我几乎每天晚上都从格子窗外观察她,对那不可思议的高贵的容貌写生了好多张。"

我和他一起沿着仲町向五十间道方向走去,A一路上不停地讲述这件事。与第一次见面的时候相比,他的态度显得豪爽,无所顾忌,说话活泼生动。

我们走进日本堤的一家酒吧,喝着啤酒,聊了两三个小时。A不善饮,两三杯啤酒下肚,立刻满脸通红,于是开始口若悬河夸夸其谈。

我打开他的速写本,翻看素描,有大有小,有侧面有正面,有五六幅,每一幅都令人惊讶地准确把握女人的容貌特征,笔触灵动而简约,有龙飞凤舞之势。我觉得自己从未见过如此鲜活、如此生动的素描。

他语气激越地说道:"连我自己都相信画得极好。画这样的画,我的确具有非凡的技巧。如果再自卖自夸的话,我手中的一支铅笔两三分钟一挥而就的东西,与那些大师花费一两个月完成的大作,都饱含着同样的含义。但可惜的是,我只能画这样的素描速写，我缺少创作大作品的毅力和技法。总而言之，我不过是一个具有出类拔萃天赋的独腿艺术家。"

他认为，古往今来，凡是伟大的艺术家都是天才和才能兼具，因为他们是天才，所以能从大自然中直接观察到永恒不灭的美；因为他们有才能，所以能运用复杂而精妙的技巧将直接观察到的东西表现出来。然而，许多二流艺术家有才能无天才。所以他们作品所表现出来的只是技巧。不幸的是，自己有天才无才能。自己的心灵、自己的直观与天才艺术家臻于同样的境界，感动于同样的愉悦，但缺少表现出来的技巧。

"恐怕未必就这样断定自己没有技巧。天才是某些人的天分禀赋，平庸之徒后天无法获得，但才能可以通过训练获得，所谓熟能生巧。只要坚持不懈地训练，以后还是可以获得的。"

我这样安慰他，他用自嘲般的口吻说道："是的，所言极是。然而，我所缺少的正是最重要的毅力。我早就知道，因为我缺少毅力，所以没有才能。尽管如此，我从来就没有认认真真、勤勤恳恳地学习的想法。即使没有天才，只要有技巧，混口饭吃都没问题。问题是我出生在吃饭没问题的家庭里。正因为我相信天才，所以对没有才能并不感觉羞耻。于是，我变成可怕的懒汉，当我发觉的时候，已经到了不可挽救、无法纠正的地步了。"

他把从去年冬天以来不到半年时间里发生的生活变化告诉我。从第一次与我见面那时候开始，他就极其讨厌上学，每天吃喝玩乐。凭借着家里寄来的丰厚的金钱，看戏、召妓、玩女伶，骄奢淫逸，放荡不羁。带着麇集身边的狐朋狗友开车去箱根玩耍，或者为新桥的什么名妓赎身，或者租赁筑地的豪华洋楼居住，这样挥霍无度之后，债台高筑。不久，家里知道，父亲大发脾气，甚至说要和他断绝父子关系，经过母亲的苦苦求情，父亲才勉强同意他与赎身的艺妓在下谷根岸边租一间小屋居住，在今后绝对不许休学的条件下，每个月寄给他大约三十日元的学费和生活费。

他说："如果我忠实履行这个条件，也不至于穷愁潦倒到这个地步。我的这个懒惰怠懈已经病入膏肓，无可救药。加上我对那个艺妓本来就不是很喜欢，只是一时心血来潮，不过想显摆一下金钱，就把她赎出来，所以同居不久，对她感觉厌烦了。妻子嘛，也许对商人或政治家是必要的，但对于艺术家则毫无用处。即便多么聪明伶俐的女人，她的智慧绝不会超越地面现象的范畴。女人根本无法理解从事艺术这种远离地面的、高贵事业的男人的心。"

那女人看到家里的汇款受到严格限制，而且他这个人懒得无以复加，对他极为绝望，也就同居两个多月，就离开根岸的家，再到芳町重操旧业。A对女人的出走，根本满不在乎，生活更加荒唐放纵，终于被学校开除。

父亲特地从冈山县赶到东京，对校方做了很多工作，勉强保住了学籍，但是他本人毫无学习的欲望，依然旷课，不交学费，今年二月，第二次被学校开除。从此以后，父母亲就不再给他寄钱。

父亲给他来了一封信，说："你这个人没必要待在东京，要是缺钱花，回乡下好了。"但是，A不想回老家，于是把长期奢侈生活的高档衣服、日用品、家具等一点点变卖掉，继续过着随心所欲的放浪生活。

听了他的这一番话，我终于明白这个年轻人沦落到如此悲惨窘迫处境的原因。他肤色本来就显得微黑，容貌在文雅中交织着忧郁的阴影，现在这种阴郁的暗影更加浓重，两颊到处长出大粒的粉刺。可能是懒到家了，也可能是穷困的缘故，似乎没怎么洗澡，整个脖子上积着一层污垢，胡子拉碴、蓬乱。

我问道："这么说，你最近住哪里啊？"

他没有告诉我明确的住所。大概是东一处西一处租借的小木屋吧。

在雷门分手的时候，他说："过一阵子我一定去拜访你。"

三

仅仅从以上的事情来看，也许觉得 A 不是一个值得尊敬的人。然而，我对他的敬重是在他穷愁潦倒以后的事。在吉原见过以后，他就时不时来找我，于是我们成为相当亲密的好友。他喜欢我的为人，说可以推心置腹，其他人都不值得交往。

他多次说过："天才与天才促膝交谈的喜悦，不仅只是两个人的喜悦，而是整个宇宙的喜悦。宇宙因这种喜悦而存在。如果天才互不相识，整个世界就陷入黑暗，地球也就停止转动。"

他每次来我家，总是情绪不佳，一脸不高兴的样子，但一旦聊起来，谈兴渐浓，犀利的观察和敏锐的直觉所产生的警句隽语脱口而出，目光炯炯，唇如火燃，天马行空，辩才无碍，数小时口若悬河。

他这样抱怨我:"我问你什么事,你起先总是带搭不理的样子,不能和我一拍即合,这样把我的谈兴调动起来就要费很长时间。"

他就像陀螺转动一样急急忙忙地滔滔不绝,仿佛说话是他唯一的生命。

其实,他在侃侃而谈的时候的确很伟大。当我倾听他高谈阔论的时候,不能不佐证着他自信极具天才的抱负。贵重的东西、愚蠢的东西、可悲的东西、美好的东西,所有的感情都赋予极其鲜明生动的艺术色彩交织遍布在他的讲话里。我在他灵光的炫耀下,只是呆呆地仰望着他的嘴唇。

他虽然贫穷,却毫无穷人的口气,依然透着富家公子那样任性妄为的气质。尽管穷得一日三餐都成问题,却依然逛古董店,把玩着珍稀的古器物、陶瓷器等,流连忘返。

"你是我的前辈,但如果我对你执前辈之礼,我的真正价值就无法发挥出来。"

这成了他的口头禅。他把我视为对等的朋友,平起平坐。

我当然对他的态度既没有不愉快也没有不满意,他越是无所顾忌，越增加我对他的敬意。这样接触，直言不讳地各抒己见，百无禁忌地取乐玩笑，我真正感觉到两个人的心灵相通。这一点就足以证明他毫无疑问是一个天才。

我花费这么多的篇幅来谈论 A 青年这个人。然而，要了解他与女乞丐之间的关系，还是有必要先认识一下他的为人。我的兴趣不在于他们的关系本身，更多的是想联系最终发展到这种关系的 A 青年的性格及其过程。

A 从小就过着锦衣玉食的生活，贫穷对他来说是一种新的体验，甚至还怀着享受的感觉，但是他很快故态复萌，依然过着放纵恣肆的漂泊日子。他的懒惰到了无以复加的地步，哪怕举手之劳就可以吃饱饭，他却宁可忍饥挨饿，躺在床上睡大觉。居住在温暖的家里，身穿漂亮的衣服，他都不需要。他只有对艺术的无限向往。

A 是在他的生活状态一落千丈，无家可归，夜宿浅草公园或吉原一带流浪的前年年底，邂逅那个女乞丐的。那一天是十二月十七日，正是羽毛毽板[1]集市的夜晚，A 在仲町嘈杂的

---

1 羽毛毽板，用来打羽毛毽的长方形带柄木板。有的也作为装饰品，上面有各种各样的贴画。

人山人海中挤到观音堂前面，伫立在台阶旁边，这时看见她在参拜的人群中可怜地行乞。

在路边小摊贩马灯亮光的映照下，她的身姿呈现绯红色。A只看一眼她的脸，便情不自禁地停下脚步，凝视着她。在A的眼里，那天晚上她的清澈的眼睛、布满疙瘩的额头、丰艳的肉体，都远比排列路旁的羽毛毽板上贴着的缎子黑发、纯白纺绸肌肤、绉绸衣裳制作的偶人更加绚丽多彩，感觉色彩斑斓。

A对她说道："我想给你点钱，不巧今天没带。"

A的确身无分文，手上只有五六根烤地瓜。

"这样吧，我这里有六根烤地瓜。我自己也饿了，一人三根吃了吧。"

女乞丐似乎难以判断这个男人是在戏弄自己，还是与自己同一阶层的乞丐，但还是伸手接过A的馈赠。她大概感觉饥肠辘辘，立刻当场开始剥皮。

第二天晚上还有集市，A又去浅草闲逛。但在昨晚那个地方没见到女人的身影。A在公园里寻找，终于看见她蹲在喷水池前面。

"今天我身上有七文钱,一起去吃关东煮[1]吧。"

他叫上女乞丐,一起走进花园旁边的小摊贩,其实本来只打算两人各能吃一两样东西,但看着锅里热气腾腾的样子,忍不住饥饿的肚子,结果又是油炸豆腐,又是蒟蒻,又是烤豆腐,穿在竹签上咕嘟咕嘟地煮着,狼吞虎咽地各自吃了五六样东西。吃完后,一问多少钱,说是十五文钱。

A说:"其实我身上就这么点钱,因为实在太饿,结果吃过头了,请你原谅,高抬贵手。"

说罢,把七文钱扔给店主。看来店主很厚道,什么也没说,就让他们走了。

从那天晚上开始,他们就睡在观音堂的地板上。一大早,A还在睡梦中,女人就出去讨饭,拿回来和A亲亲热热地一起吃。A不由得觉得这个女乞丐比曾是自己妻子的新桥艺妓还要漂亮、亲切。

她告诉A,自己今年十六岁,但避而不谈自己的身世、家乡等情况。

---

1 关东煮,豆腐、蒟蒻、萝卜、芋头、鱼糕等炖煮的杂烩。

她说:"我没把自己的身世告诉你,但是我大体知道你的身世。你绝不是沦为乞丐的人。在前来参拜观音菩萨的人们中,你也是一个少见的了不起的人。"

其实并没有什么特别的理由,她只是盲目地相信A。

"我也许是你所说的那种了不起的人。但是,至少在这个世界上,我不会比乞丐过得更好。人居住的这个世界都不知道我的伟大之处。只有天上之神才知道我的伟大。"

"这样的话,大概只有观音菩萨知道你的伟大吧。"

听她这么一说,A竟然情不自禁地簌簌落泪。

"只有观音菩萨和你知道我的伟大,这比得到世人的认可更令我高兴。我睡在这里的地板上真是无比的幸福!"

A对着这个无知无识的女乞丐,把他的这些认识——世间充满卑鄙虚伪,其中唯有艺术才具有永恒的生命,而自己因为了解艺术之门里面的奥秘才自信伟大——像说教一样予以谆谆教导,而女乞丐坚信不疑他的话是多么宝贵……

A把这些事告诉我的时候,他们还住在观音堂里。他们在观音堂同居将近半年。去年初夏,当女人不再出现在公园里的时候，A也突然不再到我家里来。这两人后来是分道扬镳，还是相偕踏上放浪之路，我就不得而知了。

　　但是，A对我坦白说，她怀的的确是自己的孩子，这是我亲耳听到的。

图书在版编目（CIP）数据

盲目物语 /（日）谷崎润一郎著；郑民钦译 . —厦门：鹭江出版社，2019.6
ISBN 978-7-5459-1590-7

Ⅰ . ①盲… Ⅱ . ①谷…②郑… Ⅲ . ①短篇小说—小说集—日本—现代 Ⅳ . ① I313.45

中国版本图书馆 CIP 数据核字（2019）第 068466 号

MANGMU WUYU

盲目物语

（日）谷崎润一郎　著　郑民钦　译

出版发行：鹭江出版社	
地　　址：厦门市湖明路 22 号	邮政编码：361004
印　　刷：三河市兴博印务有限公司	
地　　址：河北省廊坊市三河市杨庄镇大窝头村西	邮政编码：065200
开　　本：889mm×1194mm　1/32	
插　　页：1	
印　　张：6.25	
字　　数：98 千字	
版　　次：2019 年 6 月第 1 版　2019 年 6 月第 1 次印刷	
书　　号：ISBN 978-7-5459-1590-7	
定　　价：39.80 元	

如发现印装质量问题，请寄承印厂调换。